【中华国学经典精粹】

闲情偶寄

[清]李渔 著
邵娜 注

北京联合出版公司
Beijing United Publishing Co.,Ltd.

图书在版编目（CIP）数据

闲情偶寄 /（清）李渔著；邵娜注. —北京：
北京联合出版公司，2016.9（2023.5 重印）
（中华国学经典精粹）
ISBN 978-7-5502-8785-3

Ⅰ. ①闲… Ⅱ. ①李… ②邵… Ⅲ. ①杂文集—中国
—清代②《闲情偶寄》—通俗读物 Ⅳ. ①I264.9

中国版本图书馆CIP数据核字（2016）第238758号

闲情偶寄
作　　者：李　渔
选题策划：宿春礼
责任编辑：牛炜征
封面设计：新纪元工作室
版式设计：新纪元工作室
责任校对：付玮婷

北京联合出版公司出版
（北京市西城区德外大街83号楼9层　100088）
三河市冀华印务有限公司　新华书店经销
字数：130千字　787毫米×1092毫米　1/32　5印张
2017年1月第1版　2023年5月第7次印刷
ISBN 978-7-5502-8785-3
定价：12.00元

前言

李渔，原名仙侣，字笠鸿，号笠翁，明末清初著名的文学家、戏剧家、戏剧理论家、美学家。他生于明万历三十八年（1610），卒于清康熙十九年（1680），祖籍浙江兰溪，生于江苏如皋，年轻时是当地有名的才子，内心之中也曾存有入仕报国之志，十八岁补博士弟子员，二十五岁应童子试，深受主考官赞赏，被誉为“五经童子”。然而，当时明朝日益腐朽，兵荒马乱中父亲又病故了，家境一落千丈，于是他打消了入仕的念头，走上了卖文为生的道路。

在清军入关后，李渔曾有一段时间避居山里，蓬衣蔬食。顺治八年（1651），他移居杭州，与当时的社会名流来往密切，其戏曲小说多创作于这个时期。由于戏剧作品大热，李渔的名声越来越大，他便筹划组建了自己的家庭剧团，专事演出，在当时产生了很大影响，许多达官贵人纷纷请他前去演戏。他的足迹遍及大江南北，尽览九州风光，同时也让自己成为广有资财的戏班主。康熙元年（1661），李渔从杭州迁居金陵（今江苏南京），置办了芥子园，同时还设有书铺，刊行了不少戏曲小说及其他杂著。晚年他又举家迁回杭州，“买山而隐”，但经济状况已大不如前，终于在穷困中死去。

李渔一生著述甚丰，作为文学家、戏剧理论家和美学家，主要有《笠翁一家言全集》，包括文集四卷、诗集三卷、词集一卷、史论两卷、《闲情偶寄》六卷；作为戏剧作家，有传奇十几种，有《怜香伴》《风筝误》《意中缘》《玉搔头》等十个剧本合称《笠翁十种曲》出版发行；作为小说家，他写过评话小说《十二楼》《无声戏》《连城璧》；另外，有人认为，长篇小说《回文传》《肉蒲团》也可能是他的手笔。其通俗文学作品虽在当时被正统文人所不齿，视为末技，但由于通俗易懂，贴近市民生活，所以一问世便被争购一空。尤其是他的短篇小说集，更是受到读者的欢迎，成为抢手货。

然而，李渔自己最满意的作品则是他的散文随笔集《闲情偶寄》。他在与朋友的通信中提到："弟以前拙刻，车载斗量，近以购纸无钱，每束高阁而未印。独《闲情偶寄》一书，其新人耳目，较他刻尤甚。"

《闲情偶寄》写于康熙十年（1671），是在他去世前九年完成的。对于创作初衷，李渔自己在《与龚芝麓大宗伯》的信中有所提及："庙堂智虑，百无一能。泉石经纶，则绰有余裕。惜乎不得自展，而人又不能用之。他年赍志以没，俾造物虚生此人，亦古今一大恨事。故不得已而著为《闲情偶寄》一书，托之空言，稍舒蓄积。"浮生碌碌，李渔却处在其中自得其乐，以一种悠游林下的闲情雅兴感知生活，品味生活，并把对日常生活的心得融入书中，倾注了自己细微的观察和深邃的思考，表现出独特的艺术造诣和审美情趣，真是后世读者之幸。

《闲情偶寄》包括词曲、演习、声容、居室、器玩、饮馔、种植、颐养八部，内容较为驳杂，论及戏曲理论、妆饰打扮、园林建筑、器玩古董、饮食烹调、竹木花卉、养生医疗等诸多方面的问题，触及中国古代生活的许多领域，具有极强的娱乐性和实用价值，堪称他一生艺术和生活经验的总结和结晶，也对后世产生了不小的影响。正如李渔好友余怀在为书所作的序中所说的那样："其言近，其旨远，其取情多而用物闳，漻漻乎，缅缅乎，汶者读之旷，僿者读之通，悲者读之愉，拙者读之巧，愁者读之忭且舞，病者读之霍然兴。"著名文学家周作人也对它有很高的评价："文字思想均极清新，都是很可喜的小品，有自然与人事的巧妙观察，有平明而又新颖的表现。"当然，由于时代局限，该书也存在一些封建腐朽的痕迹，以及一些不科学、陈旧的观念，读者在阅读时要去粗取精。

原书的《词曲部》主要论及戏曲创作理论，而《演习部》则总结了昆曲艺术的教学与舞台演出经验，考虑到当代读者的阅读兴趣，我们在编选过程中将这两部删去，只保留了后六部。由于水平有限，疏漏之处在所难免，欢迎广大读者朋友批评指正。

目 录

器玩部

饮馔部

种植部

声容部

选姿第一

"食色，性也。""不知子都之姣者，无目者也[①]。"古之大贤择言而发，其所以不拂人情，而数为是论者，以性所原有，不能强之使无耳。人有美妻美妾而我好之，是谓拂人之性；好之不惟损德，且以杀身。我有美妻美妾而我好之，是还吾性中所有，圣人复起，亦得我心之同然，非失德也。孔子云："素富贵，行乎富贵。"人处得为之地，不买一二姬妾自娱，是素富贵而行乎贫贱矣。王道本乎人情，焉用此矫清矫俭者为哉？但有狮吼[②]在堂，则应借此藏拙，不则好之实所以恶之，怜之适足以杀之，不得以红颜薄命借口，而为代天行罚之忍人也。

予一介寒生，终身落魄，非止国色难亲，天香未遇，即强颜陋质之妇，能见几人，而敢谬次音容，侈谈歌舞，贻笑于眠花藉柳之人哉！然而缘虽不偶，兴则颇佳，事虽未经，理实易谙，想当然之妙境，较身醉温柔乡者倍觉有情。如其不信，但以往事验之。

楚襄王，人主也。六宫窈窕，充塞内庭，握雨携云，何事不有？而千古以下，不闻传其实事，止有阳台一梦，脍炙人口。阳台今落何处？神女家在何方？朝为行云，暮为行雨，毕竟是何情状？岂有踪迹可考，实事可缕陈乎？皆幻境也。幻境之妙，十倍于真，故千古传之。能以十倍于真之事，谱而为法，未有不入闲情三昧者。凡读是书之人，欲考所学之从来，则请以楚国阳台之事对。

【注释】

①不知子都之姣者，无目者也：语出《孟子·告子》。原文是："至于子都，天下莫不知其姣也，不知子都之姣者，无目者也。"子都，古代美男子。

②狮吼：亦称河东狮吼，指家有悍妇。

肌肤

妇人妩媚多端，毕竟以色为主。《诗》不云乎“素以为绚兮”？素者，白也。妇人本质，惟白最难。常有眉目口齿般般入画，而缺陷独在肌肤者。岂造物生人之巧，反不同于染匠，未施漂练之力，而遽加文采之工乎？曰：非然。白难而色易也。曷言乎难？是物之生，皆视根本，根本何色，枝叶亦作何色。人之根本维何？精也，血也。精色带白，血则红而紫矣。多受父精而成胎者，其人之生也必白。父精母血交聚成胎，或血多而精少者，其人之生也必在黑白之间。若其血色浅红，结而为胎，虽在黑白之间，及其生也，豢以美食，处以曲房[①]，犹可日趋于淡，以脚地未尽缁也。有幼时不白，长而始白者，此类是也。至其血色深紫，结而成胎，则其根本已缁，全无脚地可漂。及其生也，即服以水晶云母，居以玉殿琼楼，亦难望其变深为浅，但能守旧不迁，不致愈老愈黑，亦云幸矣。有富贵之家，生而不白，至长至老亦若是者，此类是也。知此，则知选材之法，当如染匠之受衣。有以白衣使漂者受之，易为力也；有白衣稍垢而使漂者亦受之，虽难为力，其力犹可施也；若以既染深色之衣，使之剥去他色，漂而为白，则虽什佰其工价，必辞之不受。以人力虽巧，难拗天工，不能强既有者而使之无也。

妇人之白者易相，黑者亦易相，惟在黑白之间者，相之不易。有三法焉：面黑于身者易白，身黑于面者难白；肌肤之黑而嫩者易白，黑而粗者难白；皮肉之黑而宽者易白，黑而紧且实者难白。面黑于身者，以面在外而身在内，在外则有风吹日晒，其渐白也为难；身在衣中，较面稍白，则其由深而浅，业有明征，使面亦同身，蔽之有物，其验亦若是矣，故易白。身黑于面者反此，故不易白。肌肤之细而嫩者，如绫罗纱绢，其体光滑，故受色易，退色亦易，稍受风吹，略经日照，则深者浅而浓者淡矣。粗则如布如毯，其受色之难，十倍于绫罗纱绢，至欲退之，其工又不止十倍，肌肤之理亦若是也，故知嫩者易白，而粗者难白。皮肉之黑而宽者，犹绌缎之未经熨，靴与履之未经楦者，因其皱而未直，故浅者似深，淡者似浓，一经熨楦之后，则纹理陡变，非复曩时色相矣。肌肤之宽者，以其血肉未足，犹待长养，亦犹待楦之靴履，未经烫熨之绫罗纱绢，此际若此，则其血肉充满之后必不若此，故知宽者易白，紧而实者难白。

相肌之法，备乎此矣。若是，则白者、嫩者、宽者为人争取，其黑而粗、紧而实者遂成弃物乎？曰：不然。薄命尽出红颜，厚福偏归陋质，此等非他，皆素封[②]伉俪之材，诰命夫人之料也。

【注释】

①曲房：内室，密室。②素封：无官爵封邑而富比封君的人。语出《史记·货殖列传》："今有无秩禄之奉，爵邑之入，而乐与之比者，命曰'素封'。"

眉眼

面为一身之主，目又为一面之主。相人必先相面，人尽知之，相面必先相目，人亦尽知，而未必尽穷其秘。吾谓相人之法，必先相心，心得而后观其形体。形体维何？眉发口齿，耳鼻手足之类是也。心在腹中，何由得见？曰：有目在，无忧也。察心之邪正，莫妙于观眸子，子舆氏[①]笔之于书，业开风鉴之祖。予无事赘陈其说，但言情性之刚柔，心思之愚慧。四者非他，即异日司花执爨之分途，而狮吼堂与温柔乡接壤之地也。目细而长者，秉性必柔；目粗而大者，居心必悍；目善动而黑白分明者，必多聪慧；目常定而白多黑少，或白少黑多者，必近愚蒙。然初相之时，善转者亦未能遽转，不定者亦有时而定。何以试之？曰：有法在，无忧也。其法维何？一曰以静待动，一曰以卑瞩高。目随身转，未有动荡其身，而能胶柱其目者；使之乍往乍来，多行数武，而我回环其目以视之，则秋波不转而自转，此一法也。妇人避羞，目必下视，我若居高临卑，彼下而又下，永无见目之时矣。必当处之高位，或立台坡之上，或居楼阁之前，而我故降其躯以瞩之，则彼下无可下，势必环转其睛以避我。虽云善动者动，不善动者亦动，而勉强自然之中，即有贵贱妍媸之别，此又一法也。至于耳之大小，鼻之高卑，眉发之淡浓，唇齿之红白，无目者犹能按之以手，岂有识者不能鉴之以形？无俟哓哓，徒滋繁渎。

眉之秀与不秀，亦复关系情性，当与眼目同视。然眉眼二物，其势往往相因。眼细者眉必长，眉粗者眼必巨，此大较好，然亦有不尽相合者。如长短粗细之间，未能一一尽善，则当取长恕短，要当视其可施人力与否。张京兆[2]工于画眉，则其夫人之双黛，必非浓淡得宜，无可润泽者。短者可长，则妙在用增；粗者可细，则妙在用减。但有必不可少之一字，而人多忽视之者，其名曰“曲”。必有天然之曲，而后人力可施其巧。“眉若远山”，“眉如新月”，皆言曲之至也。即不能酷肖远山，尽如新月，亦须稍带月形，略存山意，或弯其上而不弯其下，或细其外而不细其中，皆可自施人力。最忌平空一抹，有如太白经天；又忌两笔斜冲，俨然倒书八字。变远山为近瀑，反新月为长虹，虽有善画之张郎，亦将畏难而却走。非选姿者居心太刻，以其为温柔乡择人，非为娘子军择将也。

【注释】

①子舆氏：即孟子。孟子，字子舆，名轲。②张京兆：即张敞。汉时平阳人，宣帝时为京兆尹。《汉书·张敞传》中记载张敞常替妻子画眉毛。有成语“张敞画眉”，旧时比喻夫妻感情好。

手足

相女子者，有简便诀云：“上看头，下看脚。”似二语可概通身矣。予怪其最要一着，全未提起。两手十指，为一生巧拙之关，百岁荣枯所系，相女者首重在此，何以略而去之？且无论手嫩者必聪，指尖者多慧，臂丰而腕厚者，必享珠围翠绕之荣；即以现在所需而论之，手以挥弦[1]，使其指节累累，几类弯弓之决拾；手以品箫，如其臂形攘攘，几同伐竹之斧斤；抱枕携衾，观之兴索，捧卮进酒，受者眉攒，亦大失开门见山之初着矣。故相手一节，为观人要着，寻花问柳者不可不知，然此道亦难言之矣。选人选足，每多窄窄金莲；观手观人，绝少纤纤玉指。是最易者足，而最难者手，十百之中，不能一二觏也。须知立法不可不严，至于行法，则不容不恕。但于或嫩或柔或尖或细之中，取其一得，即可宽恕其他矣。

至于选足一事，如但求窄小，则可一目了然。倘欲由粗以及精，尽美而思善，使脚小而不受脚小之累，兼收脚小之用，则又比手更难，皆不可求而可遇者也。其累维何？因脚小而难行，动必扶墙靠壁，此累之在己者也；因脚小而致秽，令人掩鼻攒眉，此累之在人者也。其用维何？瘦欲无形，越看越生怜惜，此用之在日者也；柔若无骨，愈亲愈耐抚摩，此用之在夜者也。昔有人谓予曰："宜兴周相国，以千金购一丽人，名为'抱小姐'，因其脚小之至，寸步难移，每行必须人抱，是以得名。"予曰："果若是，则一泥塑美人而已矣，数钱可买，奚事千金？"造物生人以足，欲其行也。昔形容女子娉婷者，非曰"步步生金莲"，即曰"行行如玉立"，皆谓其脚小能行，又复行而入画，是以可珍可宝，如其小而不行，则与刖足者何异？此小脚之累之不可有也。予遍游四方，见足之最小而无累，与最小而得用者，莫过于秦之兰州、晋之大同。兰州女子之足，大者三寸，小者犹不及焉，又能步履如飞，男子有时追之不及，然去其凌波小袜而抚摩之，犹觉刚柔相半；即有柔若无骨者，然偶见则易，频遇为难。至大同名妓，则强半皆若是也。与之同榻者，抚及金莲，令人不忍释手，觉倚翠偎红之乐，未有过于此者。向在都门，以此语人，人多不信。一日席间拥二妓，一晋一燕，皆无丽色，而足则甚小。予请不信者即而验之，果觉晋胜于燕，大有刚柔之别。座客无不翻然，而罚不信者以金谷酒数。此言小脚之用之不可无也。噫！岂其娶妻必齐之姜[②]？就地取材，但不失立言之大意而已矣。

验足之法无他，只在多行几步，观其难行易动，察其勉强自然，则思过半矣。直则易动，曲即难行；正则自然，歪即勉强。直而正者，非止美观便走，亦少秽气。大约秽气之生，皆强勉造作之所致也。

【注释】

①挥弦：弹琴。②齐之姜：指春秋时齐国长女孟姜，因貌美而为《诗》所称道。

态度

古云："尤物足以移人。"尤物维何？媚态是已。世人不知，以为美色，乌知颜色虽美，是一物也，乌足移人？加之以态，则物而尤矣。如云美色即是尤物，即可移人，则今时绢做之美女，画上之娇娥，其颜色较之生人，岂止十倍，何以不见移人，而使之害相思成郁病耶？是知"媚态"二字，必不可少。媚态之在人身，犹火之有焰，灯之有光，珠贝金银之有宝色，是无形之物，非有形之物也。惟其是物而非物，无形似有形，是以名为"尤物"。尤物者，怪物也，不可解说之事也。凡女子，一见即令人思之而不能自已，遂至舍命以图，与生为难者，皆怪物也，皆不可解说之事也。吾于"态"之一字，服天地生人之巧，鬼神体物之工。使以我作天地鬼神，形体吾能赋之，知识我能予之，至于是物而非物，无形似有形之态度，我实不能变之化之，使其自无而有，复自有而无也。态之为物，不特能使美者愈美，艳者愈艳，且能使老者少而媸者妍，无情之事变为有情，使人暗受笼络而不觉者。女子一有媚态，三四分姿色，便可抵过六七分。试以六七分姿色而无媚态之妇人，与三四分姿色而有媚态之妇人同立一处，则人止爱三四分而不爱六七分，是态度之于颜色，犹不止一倍当两倍也。试以二三分姿色而无媚态之妇人，与全无姿色而止有媚态之妇人同立一处，或与人各交数言，则人止为媚态所惑，而不为美色所惑，是态度之于颜色，犹不止于以少敌多，且能以无而敌有也。今之女子，每有状貌姿容一无可取，而能令人思之不倦，甚至舍命相从者，皆"态"之一字之为祟也。是知选貌选姿，总不如选态一着之为要。态自天生，非可强造。强造之态，不能饰美，止能愈增其陋。同一颦也，出于西施则可爱，出于东施则可憎者，天生、强造之别也。相面、相肌、相眉、相眼之法，皆可言传，独相态一事，则予心能知之，口实不能言之。口之所能言者，物也，非尤物也。噫！能使人知，而能使人欲言不得，其为物也何如！其为事也何如！岂非天地之间一大怪物，而从古及今，一件解说不来之事乎？

诘予者曰：既为态度立言，又不指人以法，终觉首鼠[1]，盍亦舍精言粗，略示相女者以意乎？予曰：不得已而为言，止有直书所见，聊为榜样而已。

向在维扬，代一贵人相妾。靓妆而至者不一其人，始皆俯首而立，及命之抬头，一人不作羞容而竟抬；一人娇羞腼腆，强之数四而后抬；一人初不即抬，及强而后可，先以眼光一瞬，似于看人而实非看人，瞬毕复定而后抬，俟人看毕，复以眼光一瞬而后俯，此即“态”也。

记曩时春游遇雨，避一亭中，见无数女子，妍媸不一，皆踉跄而至。中一缟衣贫妇，年三十许，人皆趋入亭中，彼独徘徊檐下，以中无隙地故也；人皆抖擞衣衫，虑其太湿，彼独听其自然，以檐下雨侵，抖之无益，徒现丑态故也。及雨将止而告行，彼独迟疑稍后，去不数武而雨复作，乃趋入亭。彼则先立亭中，以逆料必转，先踞胜地故也。然臆虽偶中，绝无骄人之色。见后入者反立檐下，衣衫之湿，数倍于前，而此妇代为振衣，姿态百出，竟若天集众丑，以形一人之媚者。自观者视之，其初之不动，似以郑重而养态；其后之故动，似以徜徉而生态。然彼岂能必天复雨，先储其才以俟用乎？其养也，出之无心，其生也，亦非有意，皆天机之自起自伏耳。当其养态之时，先有一种娇羞无那之致现于身外，令人生爱生怜，不俟娉婷大露而后觉也。斯二者，皆妇人媚态之一斑，举之以见大较。噫！以年三十许之贫妇，止为姿态稍异，遂使二八佳人与曳珠顶翠者皆出其下，然则态之为用，岂浅鲜哉！

人问：圣贤神化之事，皆可造诣而成，岂妇人媚态独不可学而至乎？予曰：学则可学，教则不能。人又问：既不能教，胡云可学？予曰：使无态之人与有态者同居，朝夕熏陶，或能为其所化；如蓬生麻中，不扶自直，鹰变成鸠，形为气感，是则可矣。若欲耳提而面命之，则一部“廿一史[②]”，当从何处说起？还怕愈说愈增其木强，奈何！

【注释】

①首鼠：踌躇，迟疑不决，模棱两可。②廿一史：即二十一史，明朝时，将《史记》《汉书》《后汉书》《三国志》《晋书》《宋书》《南齐书》《梁书》《陈书》《魏书》《北齐书》《周书》《隋书》《南史》《北史》《新唐书》《新五代史》《宋史》《辽史》《金史》《元史》合称“二十一史”。

修容第二

妇人惟仙姿国色，无俟修容；稍去天工者，即不能免于人力矣。然予所谓“修饰”二字，无论妍媸美恶，均不可少。俗云：“三分人材，七分妆饰。”此为中人以下者言之也。然则有七分人材者，可少三分妆饰乎？即有十分人材者，岂一分妆饰皆可不用乎？曰：不能也。若是，则修容之道不可不急讲矣。

今世之讲修容者，非止穷工极巧，几能变鬼为神，我即欲勉竭心神，创为新说，其如人心至巧，我法难工，非但小巫见大巫，且如小巫之徒，往教大巫之师，其不遭喷饭而唾面者鲜矣。然一时风气所趋，往往失之过当。非始初立法之不佳，一人求胜于一人，一日务新于一日，趋而过之，致失其真之弊也。“楚王好细腰，宫中皆饿死；楚王好高髻，宫中皆一尺；楚王好大袖，宫中皆全帛。”细腰非不可爱，高髻大袖非不美观，然至饿死，则人而鬼矣。髻至一尺，袖至全帛，非但不美观，直与魑魅魍魉[1]无别矣。此非好细腰、好高髻大袖者之过，乃自为饿死，自为一尺，自为全帛者之过也。亦非自为饿死，自为一尺，自为全帛者之过，无一人痛惩其失，著为章程，谓止当如此，不可太过，不可不及，使有遵守者之过也。吾观今日之修容，大类楚宫之末俗，著为章程，非草野得为之事。但不经人提破，使知不可爱而可憎，听其日趋日甚，则在生而为魑魅魍魉者，已去死人不远，矧腰成一缕，有饿而必死之势哉！予为修容立说，实具此段婆心[2]，凡为西子者，自当曲体人情，万毋遽发娇嗔，罪其唐突。

【注释】

①魑魅魍魉：古代传说中的妖魔鬼怪。②婆心：慈爱的心肠，苦心。

盥栉

盥面之法，无他奇巧，止是濯垢务尽。面上亦无他垢，所谓垢者，油而已矣。油有二种，有自生之油，有沾上之油。自生之油，从毛孔沁出，肥人多而瘦人少，似汗非汗者是也。沾上之油，从下而上者少，从上而下者多，以发与膏沐[1]势不相离，发面交接之地，势难保其不侵。况以手按发，按毕之后，自上而下亦难保其不相挨擦，挨擦所至之处，即生油发亮之处也。生油发亮，于面似无大损，殊不知一日之美恶系焉，面之不白不匀，即从此始。从来上粉着色之地，最怕有油，有即不能上色。倘于浴面初毕，未经搽粉之时，但有指大一痕为油手所污，迨加粉搽面之后，则满面皆白而此处独黑，又且黑而有光，此受病之在先者也。既经搽粉之后，而为油手所污，其黑而光也亦然，以粉上加油，但见油而不见粉也，此受病之在后者也。此二者之为患，虽似大而实小，以受病之处止在一隅，不及满面，闺人尽有知之者。

尚有全体受伤之患，从古佳人暗受其害而不知者，予请攻而出之。从来拭面之巾帕，多不止于拭面，擦臂抹胸，随其所至；有腻即有油，则巾帕之不洁也久矣。即有好洁之人，止以拭面，不及其他，然能保其上不及发，将至额角而遂止乎？一沾膏沐，即非无油少腻之物矣。以此拭面，非拭面也，犹打磨细物之人，故以油布擦光，使其不沾他物也。他物不沾，粉独沾乎？凡有面不受妆，越匀越黑；同一粉也，一人搽之而白，一个搽之而不白者，职是故也。以拭面之巾有异同，非搽面之粉有善恶也。故善匀面者，必须先洁其巾。拭面之巾，止供拭面之用，又须用过即浣，勿使稍带油痕，此务本穷源之法也。

善栉不如善篦，篦者，栉之兄也。发内无尘，始得丝丝现相，不则一片如毡，求其界限而不得，是帽也，非髻也，是退光黑漆之器，非乌云蟠绕之头也。故善蓄姬妾者，当以百钱买梳，千钱购篦。篦精则发精，稍俭其值，则发损头痛，篦不数下而止矣。篦之极净，使便用梳。而梳之为物，则越旧越精。“人惟求旧，物惟求新。”古语虽然，非为论梳而设。求其旧而不得，则富者用牙，贫者用角。新木之梳，即搜根剔齿者，非油浸十日，不可用也。

古人呼髻为“蟠龙”。蟠龙者，髻之本体，非由妆饰而成。随手绾成，皆作蟠龙之势，可见古人之妆，全用自然，毫无造作。然龙乃善变之物，发无一定之形，使其相传至今，物而不化，则龙非蟠龙，乃死龙矣；发非佳人之发，乃死人之发矣。无怪今人善变，变之诚是也。但其变之之形，只顾趋新，不求合理；只求变相，不顾失真。凡以彼物肖此物，必取其当然者肖之，必取其应有者肖之，又必取其形色相类者肖之，未有凭空捏造，任意为之而不顾者。古人呼发为“乌云”，呼髻为“蟠龙”者，以二物生于天上，宜乎在顶。发之缭绕似云，发之蟠曲似龙，而云之色有乌云，龙之色有乌龙。是色也，相也，情也，理也，事事相合，是以得名，非凭捏造，任意为之而不顾者也。窃怪今之所谓“牡丹头”“荷花头”“钵盂头”，种种新式，非不穷新极异，令人改观，然于当然应有、形色相类之义，则一无取焉。人之一身，手可生花，江淹之彩笔是也；舌可生花，如来之广长是也；头则未见其生花，生之自今日始。此言不当然而然也。发上虽有簪花之义，未有以头为花，而身为蒂者；钵盂乃盛饭之器，未有倒贮活人之首，而作覆盆之象者，此皆事所未闻，闻之自今日始。此言不应有而有也。群花之色，万紫千红，独不见其有黑。设立一妇人于此，有人呼之为“黑牡丹”“黑莲花”“黑钵盂”者，此妇必艴然而怒，怒而继之以骂矣。以不喜呼名之怪物，居然自肖其形，岂非绝不可解之事乎？吾谓美人所梳之髻，不妨日异月新，但须筹为理之所有。理之所有者，其象多端，然总莫妙于云龙二物。仍用其名而变更其实，则古制新裁，并行而不悖矣。勿谓止此二物，变来有限，须知普天下之物，取其千态万状，越变而越不穷者，无有过此二物者矣。龙虽善变，犹不过飞龙、游龙、伏龙、潜龙、戏珠龙、出海龙之数种。至于云之为物，顷刻数迁其位，须臾屡易其形，“千变万化”四字，犹为有定之称，其实云之变相，“千万”二字，犹不足以限量之也。若得聪明女子，日日仰观天象，既肖云而为髻，复肖髻而为云，即一日一更其式，犹不能尽其巧幻，毕其离奇，矧未必朝朝变相乎？若谓天高云远，视不分明，难于取法，则令画工绘出巧云数朵，以纸剪式，衬于发下，俟栉沐既成，而后去之，此简便易行之法也。云上尽可着色，或簪以时花，或饰以珠翠，幻作云端五彩，视之光怪陆离。但须位置得宜，使与云体相合，若其中应有此物者，勿露时花珠翠之本形，则尽善矣。肖龙之法，如欲作飞龙、游龙，则先以己发梳一光头于下，后以假鬏制作龙形，盘旋缭绕，覆于其上。务使离发少许，勿使相粘相贴，始不失飞龙、游龙之义，相粘相贴则是潜龙、伏龙矣。悬空之法，不过用铁线一二条，衬于不见之处，其龙爪之向下者，以发作线，缝于光发之上，则不动矣。戏珠龙法，以鬏作小龙二条，缀于两旁，尾向后而首向前，前缀大珠一颗，近于龙嘴，名为“二龙戏珠”。出海龙亦照前式，但以假鬏作波浪纹，缀于龙身空隙之处，皆易为之。是数法者，皆以云龙二物分体为之，是云自云而龙自龙也。予又谓云龙二物势不宜分，“云从龙，风从虎”，《周易》业有成言，是当合而用之。同用一鬏，同作一假，何不幻作云龙二物，使龙勿露全身，云亦勿作全朵，忽而见龙，忽而见云，令人无可测识，是美人之头，尽有盘旋飞舞之势，朝为行云，暮为行雨，不几两擅其绝，而为阳台神女之现身哉？噫，笠翁于此搜尽枯肠，为此髻者，不可不加尸祝②。夭年以后，倘得为神，则将往来绣阁之中，验其所制，果有裨于花容月貌否也。

【注释】

①膏沐：古代妇女润发的油脂。②尸祝：古代祭祀时对神主掌祝的人。代表死人受祭者为“尸”，祝祷鬼神者为“祝”。

薰陶

名花美女，气味相同，有国色者，必有天香。天香结自胞胎，非由薰染，佳人身上实实有此一种，非饰美之词也。此种香气，亦有姿貌不甚姣艳，而能偶擅其奇者。总之，一有此种，即是夭折摧残之兆，红颜薄命未有捷于此者。

有国色而有天香，与无国色而有天香，皆是千中遇一，其余则薰染之力不可少也。其力维何？富贵之家，则需花露。花露者，摘取花瓣入甑①，酝酿而成者也。蔷薇最上，群花次之。然用不须多，每于盥浴之后，挹取数匙入掌，拭体拍面而匀之。此香此味，妙在似花非花，是露非露，有其芬芳，而无其气息，是以为佳，不似他种香气，或速或沉，是兰是桂，一嗅即知者也。

其次则用香皂浴身，香茶②沁口，皆是闺中应有之事。皂之为物，亦有一种神奇，人身偶染秽物，或偶沾秽气，用此一擦，则去尽无遗。由此推之，即以百和奇香拌入此中，未有不与垢秽并除，混入水中而不见者矣，乃独去秽而存香，似有攻邪不攻正之别。皂之佳者，一浴之后，香气经日不散，岂非天造地设，以供修容饰体之用者乎？香皂以江南六合县出者为第一，但价值稍昂，又恐远不能致，多则浴体，少则止以浴面，亦权宜丰俭之策也。至于香茶沁口，费亦不多，世人但知其贵，不知每日所需，不过指大一片，重止毫厘，裂成数块，每于饭后及临睡时以少许润舌，则满吻皆香，多则味苦，而反成药气矣。凡此所言，皆人所共知，予特申明其说，以见美人之香不可使之或无耳。

别有一种，为值更廉，世人食而但甘其味，嗅而不辨其香者，请揭出言之：果中荔子，虽出人间，实与交梨、火枣无别，其色国色，其香天香，乃果中尤物也。予游闽粤，幸得饱啖而归，庶不虚生此口，但恨造物有私，不令四方皆出。陈不如鲜，夫人而知之矣。殊不知荔之陈者，香气未尝尽没，乃与橄榄同功，其好处却在回味时耳。佳人就寝，止啖一枚，则口脂之香，可以竟夕，多则甜而腻矣。须择道地者用之，枫亭是其选也。人问：沁口之香，为美人设乎？为伴美人者设乎？予曰：伴者居多。若论美人，则五官四体皆为人设，奚止口内之香。

【注释】

①瓿：古代的一种瓦器，用以贮物或做饭。②香茶：用茶叶、香料、中药制成，以除口中臭味。

点染

“却嫌脂粉污颜色，淡扫蛾眉朝至尊。”此唐人妙句也。今世讳言脂粉，动称污人之物，有满面是粉而云粉不上面，遍唇皆脂而曰脂不沾唇者，皆信唐诗太过，而欲以虢国夫人[①]自居者也。噫！脂粉焉能污人，人自污耳。

人谓脂粉二物，原为中材而设，美色可以不需。予曰：不然。惟美色可施脂粉，其余似可不设。何也？二物颇带世情，大有趋炎附热之态，美者用之愈增其美，陋者加之更益其陋。使以绝代佳人而微施粉泽，略染腥红，有不增娇益媚者乎？使以嫫颜陋妇而丹铅[②]其面，粉藻其姿，有不惊人骇众者乎？询其所以然之故，则以白者可使再白，黑者难使遽白；黑上加之以白，是欲故显其黑，而以白物相形之也。试以一墨一粉，先分二处，后合一处而观之，其分处之时，黑自黑而白自白，虽云各别其性，未甚相仇也；迨其合处，遂觉黑不自安，而白欲求去。相形相碍，难以一朝居者，以天下之物，相类者可使同居，即不相类而相似者，亦可使之同居，至于非但不相类、不相似，而且相反之物，则断断勿使同居，同居必为难矣。此言粉之不可混施也。

脂则不然，面白者可用，面黑者亦可用。但脂粉二物，其势相依，面上有粉而唇上涂脂，则其色灿然可爱，倘面无粉泽而止丹唇，非但红色不显，且能使面上之黑色变而为紫，以紫之为色，非系天生，乃红黑二色合而成之者也。黑一见红，若逢故物，不求合而自合，精光相射，不觉紫气东来，使乘老子青牛，竟有五色灿然之瑞矣。若是，则脂粉二物，竟与若辈无缘，终身可不用矣，何以世间女子人人不舍，刻刻相需，而人亦未尝以脂粉多施，摈而不纳者？曰：不然。予所论者，乃面色最黑之人，所谓不相类、不相似，而且相反者也。若介在黑白之间，则相类而相似矣，既相类而相似，有何不可同居？但须施之有法，使浓淡得宜，则二物争效其灵矣。从来傅粉之面，止耐远观，难于近视，以其不能匀也。画士着色，用胶始匀，无胶则研杀不合。人面非同纸绢，万无用胶之理，此其所以不匀也。有法焉：请以一次分为二次，自淡而浓，由薄而厚，则可保无是患矣。请以他事喻之。砖匠以石灰粉壁，必先上粗灰一次，后上细灰一次；先上不到之处，后上者补之；后上偶遗之处，又有先上者衬之，是以厚薄相均，泯然无迹。使以二次所上之灰，并为一次，则非但拙匠难匀，巧者亦不能遍及矣。粉壁且然，况粉面乎？今以一次所傅之粉，分为二次傅之，先傅一次，俟其稍干，然后再傅第二次，则浓者淡而淡者浓，虽出无心，自能巧合，远观近视，无不宜矣。此法不但能匀，且能变换肌肤，使黑者渐白。何也？染匠之于布帛，无不由浅而深，其在深浅之间者，则非浅非深，另有一色，即如文字之有过文也。如欲染紫，必先使白变红，再使红变为紫，红即白紫之过文，未有由白竟紫者也。如欲染青，必使白变为蓝，再使蓝变为青，蓝即白青之过文，未有由白竟青者也。如妇人面容稍黑，欲使竟变为白，其势实难。今以薄粉先匀一次，是其面上之色已在黑白之间，非若曩时之纯黑矣；再上一次，是使淡白变为深白，非使纯黑变为全白也，难易之势，不大相径庭哉？由此推之，则二次可广为三，深黑可同于浅，人间世上，无不可用粉匀面之妇人矣。此理不待验而始明，凡读是编者，批阅至此，即知湖上笠翁原非蠢物，不止为风雅功臣，亦可谓红裙知己。

初论面容黑白，未免立说过严。非过严也，使知受病实深，而后知德医人，果有起死回生之力也。舍此更有二说，皆浅乎此者，然亦不可不知；匀面必须匀项，否则前白后黑，有如戏场之鬼脸；匀面必记掠眉，否则霜花覆眼，几类春生之社婆[③]。至于点唇之法，又与匀面相反，一点即成，始类樱桃之体；若陆续增添，二三其手，即有长短宽窄之痕，是为成串樱桃，非一粒也。

【注释】

①虢国夫人：唐玄宗李隆基宠妃杨玉环的三姐，原嫁裴氏，后得唐玄宗宠幸，天宝七年封为虢国夫人，常自炫美艳，不施脂粉以见唐玄宗。②丹铅：古代女子使用的化妆品。丹，朱红色，指胭脂。铅，黑色，指眉笔。③春生之杜婆：春天祭祀土地神活动中装扮得白眉白发的土地婆。

治服第三

古云：“三世长者知被服，五世长者知饮食。”俗云：“三代为宦，着衣吃饭。”古语今词，不谋而合，可见衣食二事之难也。饮食载于他卷，兹不具论，请言被服一事。寒贱之家，自羞褴褛，动以无钱置服为词，谓一朝发迹，男可翩翩裘马，妇则楚楚衣裳。孰知衣衫之附于人身，亦犹人身之附于其地。人与地习，久始相安，以极奢极美之服，而骤加俭朴之躯，则衣衫亦类生人，常有不服水土之患。宽者似窄，短者疑长，手欲出而袖使之藏，项宜伸而领为之曲，物不随人指使，遂如桎梏其身。“沐猴而冠”为人指笑者，非沐猴不可着冠，以其着之不惯，头与冠不相称也。此犹粗浅之论，未及精微。

“衣以章身”，请晰其解。章者，著也，非文采彰明之谓也。身非形体之身，乃智愚贤不肖之实备于躬，犹“富润屋，德润身”之身也。同一衣也，富者服之章其富，贫者服之益章其贫；贵者服之章其贵，贱者服之益章其贱。有德有行之贤者，与无品无才之不肖者，其为章身也亦然。设有一大富长者于此，衣百结之衣，履踵决之履，一种丰腴气象，自能跃出衣履之外，不问而知为长者。是敝服垢衣亦能章人之富，况罗绮而文绣者乎？丐夫菜佣窃得美服而被焉，往往因之得祸，以服能章贫，不必定为短褐，有时亦在长裾耳。“富润屋，德润身”之解，亦复如是。富人所处之屋，不必尽为画栋雕梁，即居茅舍数椽，而过其门、入其室者，常见荜门圭窦①之间，自有一种旺气，所谓“润”也。公卿将相之后，子孙式微，所居门第未尝稍改，而经其地者，觉有冷气侵入，此家门枯槁之过，润之无其人也。

从来读《大学》者，未得其解，释以雕镂粉藻之义。果如其言，则富人舍其旧居，另觅新居，而加以雕镂粉藻；则有德之人亦将弃其旧身，另易新身，而后谓之心广体胖乎？甚矣，读书之难，而章句训诂之学非易事也。予尝以此论见之说部，今复叙入闲情。噫！此等诠解，岂好闲情、作小说者所者道哉？偶寄云尔。

【注释】

①荜门圭窦：荜门，荆竹编成的门，又称柴门。圭窦，小洞。常用以喻指贫户居室。

首饰

珠翠宝玉，妇人饰发之具也，然增娇益媚者以此，损娇掩媚者亦以此。所谓增娇益媚者，或是面容欠白，或是发色带黄，有此等奇珍异宝覆于其上，则光芒四射，能令肌发改观，与玉蕴于山而山灵，珠藏于泽而泽媚同一理也。若使肌白发黑之佳人满头翡翠，环鬓金珠，但见金而不见人，犹之花藏叶底，月在云中，是尽可出头露面之人，而故作藏头盖面之事。巨眼者见之，犹能略迹求真，谓其美丽当不止此，使去粉饰而全露天真，还不知如何妩媚；使遇皮相之流，止谈妆饰之离奇，不及姿容窈窕，是以人饰珠翠宝玉，非以珠翠宝玉饰人也。故女人一生，戴珠顶翠之事，止可一月，万勿多时。所谓一月者，自作新妇于归之日始，至满月卸妆之日止。只此一月，亦是无可奈何。父母置办一场，翁姑婚娶一次，非此艳妆盛饰，不足以慰其心。过此以往，则当去桎梏而谢羁囚，终身不修苦行矣。一簪一珥，便可相伴一生。此二物者，则不可不求精善。富贵之家，无妨多设金玉犀贝之属，各存其制，屡变其形，或数日一更，或一日一更，皆未尝不可。贫贱之家，力不能办金玉者，宁用骨角，勿用铜锡。骨角耐观，制之佳者，与犀贝无异，铜锡非止不雅，且能损发。

簪珥之外，所当饰鬓者，莫妙于时花数朵，较之珠翠宝玉，非止雅俗判然，且亦生死迥别。《清平调》之首句云："名花倾国两相欢。"欢者，喜也，相欢者，彼既喜我，我亦喜彼之谓也。国色乃人中之花，名花乃花中之人，二物可称同调，正当晨夕与共者也。汉武云："若得阿娇，贮之金屋。"吾谓金屋可以不设，药栏花榭则断断应有，不可或无。富贵之家，如得丽人，则当遍访名花，植于阃内，使之旦夕相亲，珠围翠绕之荣不足道也。晨起簪花，听其自择。喜红则红，爱紫则紫，随心插戴，自然合宜，所谓两相欢也。寒素之家，如得美妇，屋旁稍有隙地，亦当种树栽花，以备点缀云鬟之用。他事可俭，此事独不可俭。妇人青春有几，男子遇色为难。尽有公侯将相、富室大家，或苦缘分之悭，或病中宫[①]之妒，欲亲美色而毕世不能。我何人斯，而擅有此乐，不得一二事娱悦其心，不得一二物妆点其貌，是为暴殄天物，犹倾精米洁饭于粪壤之中也。

即使赤贫之家，卓锥无地，欲艺时花而不能者，亦当乞诸名园，购之担上。即使日费几文钱，不过少饮一杯酒，既悦妇人之心，复娱男子之目，便宜不亦多乎？更有俭于此者，近日吴门[②]所制象生花，穷精极巧，与树头摘下者无异，纯用通草，每朵不过数文，可备月余之用。绒绢所制者，价常倍之，反不若此物之精雅，又能肖真。而时人所好，偏在彼而不在此，岂物不论美恶，止论贵贱乎？噫！相士用人者，亦复如此，奚止于物。

吴门所制之花，花象生而叶不象生，户户皆然，殊不可解。若去其假叶而以真者缀之，则因叶真而花益真矣。亦是一法。

时花之色，白为上，黄次之，淡红次之，最忌大红，尤忌木红。玫瑰，花之最香者也，而色太艳，止宜压在髻下，暗受其香，勿使花形全露，全露则类村妆，以村妇非红不爱也。

花中之茉莉，舍插鬓之外，一无所用。可见天之生此，原为助妆而设，妆可少乎？珠兰亦然。珠兰之妙，十倍茉莉，但不能处处皆有，是一恨事。

予前论髻，欲人革去"牡丹头""荷花头""钵盂头"等怪形，而以假髲作云龙等式。客有过之者，谓：吾侪立法，当使天下去赝存真，奈何教人为伪？"予曰：生今之世，行古之道，立言则善，谁其从之？不若因势利导，使之渐近自然。妇人之首，不能无饰，自昔为然矣，与其饰以珠翠宝玉，不若饰之以髲。髲虽云假，原是妇人头上之物，以此为饰，可谓还其固有，又无穷奢极靡之滥费，与崇尚时花，鄙黜珠玉，同一理也。予岂不能为高世之论哉？虑其无裨人情耳。

簪之为色，宜浅不宜深，欲形其发之黑也。玉为上，犀之近黄者、蜜蜡之近白者次之，金银又次之，玛瑙琥珀皆所不取。簪头取象于物，如龙头、凤头、如意头、兰花头之类是也。但宜结实自然，不宜玲珑雕斫；宜与发相依附，不得昂首而作跳跃之形。盖簪头所以压发，服贴为佳，悬空则谬矣。

饰耳之环，愈小愈佳，或珠一粒，或金银一点，此家常佩戴之物，俗名"丁香"，肖其形也。若配盛妆艳服，不得不略大其形，但勿过丁香之一倍二倍。既当约小其形，复宜精雅其制，切忌为古时络索之样，时非元夕，何须耳上悬灯？若再饰以珠翠，则为福建之珠灯，丹阳之料丝灯矣。其为灯也犹可厌，况为耳上之环乎？

【注释】

①中宫：指古代皇后居住的地方，后借指皇后，此处借指正妻。②吴门：苏州。

衣衫

妇人之衣，不贵精而贵洁，不贵丽而贵雅，不贵与家相称，而贵与貌相宜。绮罗文绣之服，被垢蒙尘，反不若布服之鲜美，所谓贵洁不贵精也。红紫深艳之色，违时失尚，反不若浅淡之合宜，所谓贵雅不贵丽也。贵人之妇，宜披文采，寒俭之家，当衣缟素，所谓与人相称也。然人有生成之面，面有相配之衣，衣有相配之色，皆一定而不可移者。今试取鲜衣一袭，令少妇数人先后服之，定有一二中看，一二不中看者，以其面色与衣色有相称、不相称之别，非衣有公私向背于其间也。使贵人之妇之面色，不宜文采而宜缟素，必欲去缟素而就文采，不几与面为仇乎？故曰不贵与家相称，而贵与面相宜。大约面色之最白最嫩，与体态之最轻盈者，斯无往而不宜。色之浅者显其淡，色之深者愈显其淡；衣之精者形其娇，衣之粗者愈形其娇。此等即非国色，亦去夷光[①]、王嫱不远矣，然当世有几人哉？稍近中材者，即当相体裁衣，不得混施色相矣。

相体裁衣之法，变化多端，不应胶柱而论，然不得已而强言其略，则在务从其近而已。面颜近白者，衣色可深可浅；其近黑者，则不宜浅而独宜深，浅则愈彰其黑矣。肌肤近腻者，衣服可精可粗；其近糙者，则不宜精而独宜粗，精则愈形其糙矣。然而贫贱之家，求为精与深而不能，富贵之家，欲为粗与浅而不可，则奈何？曰：不难。布苎有精粗深浅之别，绮罗文采亦有精粗深浅之别，非谓布苎必粗而罗绮必精，锦绣必深而缟素必浅也。䌷与缎之体质不光、花纹突起者，即是精中之粗，深中之浅；布与苎之纱线紧密、漂染精工者，即是粗中之精，浅中之深。凡予所言，皆贵贱咸宜之事，既不详绣户而略衡门，亦不私贫家而遗富室。盖美女未尝择地而生，佳人不能选夫而嫁，务使得是编者，人人有裨，则怜香惜玉之念，有同雨露之均施矣。

迩来衣服之好尚，其大胜古昔，可为一定不移之法者，又有大背情理，可为人心世道之忧者，请并言之。其大胜古昔，可为一定不移之法者，大家富室，衣色皆尚青是已。青非青也，元[②]也。因避讳，故易之。记予儿时所见，女子之少者，尚银红桃红，稍长者尚月白，未几而银红桃红皆变大红，月白变蓝，再变则大红变紫，蓝变石青。迨鼎革以后，则石青与紫皆罕见，无论少长男妇，皆衣青矣，可谓“齐变至鲁，鲁变至道[3]”，变之至善而无可复加者矣。其递变至此也，并非有意而然，不过人情好胜，一家浓似一家，一日深于一日，不知不觉，遂趋到尽头处耳。然青之为色，其妙多端，不能悉数。但就妇人所宜者而论，面白者衣之，其面愈白，面黑者衣之，其面亦不觉其黑，此其宜于貌者也。年少者衣之，其年愈少，年老者衣之，其年亦不觉甚老，此其宜于岁者也。贫贱者衣之，是为贫贱之本等，富贵者衣之，又觉脱去繁华之习，但存雅素之风，亦未尝失其富贵之本来，此其宜于分者也。他色之衣，极不耐污，略沾茶酒之色，稍侵油腻之痕，非染不能复着，染之即成旧衣。此色不然，惟其极浓也，凡淡乎此者，皆受其侵而不觉；惟其极深也，凡浅乎此者，皆纳其污而不辞，此又其宜于体而适于用者也。贫家止此一衣，无他美服相衬，亦未尝尽现底里，以覆其外者色原不艳，即使中衣敝垢，未甚相形也；如用他色于外，则一缕欠精，即彰其丑矣。富贵之家，凡有锦衣绣裳，皆可服之于内，风飘袂起，五色灿然，使一衣胜似一衣，非止不掩中藏，且莫能穷其底蕴。诗云“衣锦尚絅”，恶其文之著也。此独不然，止因外色最深，使里衣之文越著，有复古之美名，无泥古之实害。二八佳人，如欲华美其制，则青上洒线，青上堆花，较之他色更显。反复求之，衣色之妙，未有过于此者。后来即有所变，亦皆举一废百，不能事事咸宜，此予所谓大胜古昔，可为一定不移之法者也。

至于大背情理，可为人心世道之忧者，则零拼碎补之服，俗名呼为“水田衣”者是已。衣之有缝，古人非好为之，不得已也。人有肥瘠长短之不同，不能象体而织，是必制为全帛，剪碎而后成之，即此一条两条之缝，亦是人身赘瘤，万万不能去之，故强存其迹。赞神仙之美者，必曰“天衣无缝”，明言人间世上，多此一物故也。而今且以一条两条、广为数十百条，非止不似天衣，且不使类人间世上，然而愈趋愈下，将肖何物而后已乎？推原其始，亦非有意为之，盖由缝衣之奸匠，明为裁剪，暗作穿窬，逐段窃取而藏之，无由出脱，创为此制，以售其奸。不料人情厌常喜怪，不惟不攻其弊，且群然则而效之。毁成片者为零星小块，全帛何罪，使受寸磔之刑？缝碎裂者为百衲僧衣，女子何辜，忽现出家之相？风俗好尚之迁移，常有关于气数，此制不昉于今，而昉于崇祯末年。予见而诧之，尝谓人曰：“衣衫无故易形，殆有若或使之者，六合以内，得无有土崩瓦解之事乎？”未几而闯氛四起，割裂中原，人谓予言不幸而中。方今圣人御世，万国来归，车书一统之朝，此等制度，自应潜革。倘遇同心，谓刍荛之言，不甚訾谬，交相劝谕，勿效前颦，则予为是言也，亦犹鸡鸣犬吠之声，不为无补于盛治耳。

云肩以护衣领，不使沾油，制之最善者也。但须与衣同色，近观则有，远视若无，斯为得体。即使难于一色，亦须不甚相悬。若衣色极深，而云肩极浅，或衣色极浅，而云肩极深，则是身首判然，虽曰相连，实同异处，此最不相宜之事也。予又谓云肩之色，不惟与衣相同，更须里外合一，如外色是青，则夹里之色亦当用青，外色是蓝，则夹里之色亦当用蓝。何也？此物在肩，不能时时服贴，稍遇风飘，则夹里向外，有如飓吹残叶，风卷败荷，美人之身不能不现历乱萧条之象矣。若使里外一色，则任其整齐颠倒，总无是患。然家常则已，出外见人，必须暗定以线，勿使与服相离，盖动而色纯，总不如不动之为愈也。

妇人之妆，随家丰俭，独有价廉功倍之二物，必不可无。一曰半臂，俗呼“背褡”者是也；一曰束腰之带，俗呼“鸾绦”者是也。妇人之体，宜窄不宜宽，一着背褡，则宽者窄，而窄者愈显其窄矣。妇人之腰，宜细不宜粗，一束以带，则粗者细，而细者倍觉其细矣。背褡宜着于外，人皆知之；鸾绦宜束于内，人多未谙。带藏衣内，则虽有若无，似腰肢本细，非有物缩之使细也。

裙制之精粗，惟视折纹之多寡。折多则行走自如，无缠身碍足之患，折少则往来局促，有拘挛桎梏之形；折多则湘纹易动，无风亦似飘飖，折少则胶柱难移，有态亦同木强。故衣服之料，他或可省，裙幅必不可省。古云：“裙拖八幅湘江水。”幅既有八，则折纹之不少可知。予谓八幅之裙，宜于家常；人前美观，尚须十幅。盖裙幅之增，所费无几，况增其幅，必减其丝。惟细縠轻绡可以八幅十幅，厚重则为滞物，与幅减而折少者同矣。即使稍增其值，亦与他费不同。妇人之异于男子，全在下体。男子生而愿为之有室，其所以为室者，只在几希之间耳。掩藏秘器，爱护家珍，全在罗裙几幅，可不丰其料而美其制，以贻采葑采菲者诮乎？近日吴门所尚"百裥裙"，可谓尽美。予谓此裙宜配盛服，又不宜于家常，惜物力也。较旧制稍增，较新制略减，人前十幅，家居八幅，则得丰俭之宜矣。

吴门新式，又有所谓"月华裙"者，一裥之中，五色俱备，犹皎月之现光华也，予独怪而不取。人工物料，十倍常裙，暴殄天物，不待言矣，而又不甚美观。盖下体之服，宜淡不宜浓，宜纯不宜杂。予尝读旧诗，见"飘飏血色裙拖地""红裙妒杀石榴花"等句，颇笑前人之笨。若果如是，则亦艳妆村妇而已矣，乌足动雅人韵士之心哉？惟近制"弹墨裙"，颇饶别致，然犹未获我心，嗣当别出新裁，以正同调。思而未制，不敢轻以误人也。

【注释】

①夷光：即西施，名夷光。②元：因避清圣祖玄烨讳而改"玄"为"元"。玄即黑色。③齐变至鲁，鲁变至道：见《论语·雍也》。所谓"齐、鲁、道"实指治世三种境界，由齐变至鲁，再由鲁变至道，表明致治三阶段。

鞋袜

男子所着之履，俗名为鞋，女子亦名为鞋。男子饰足之衣，俗名为袜，女子独易其名曰"褶"，其实褶即袜也。古云"凌波小袜"，其名最雅，不识后人何故易之？袜色尚白，尚浅红；鞋色尚深红，今复尚青，可谓制之尽美者矣。鞋用高底，使小者愈小，瘦者越瘦，可谓制之尽美又尽善者矣。然足之大者，往往以此藏拙。埋没作者一段初心，是止供丑妇效颦，非为佳人助力。近有矫其弊者，窄小金莲，皆用平底，使与伪造者有别。殊不知此制一设，则人人向高底乞灵，高底之为物也，遂成百世不祧之祀，有之则大者亦小，无之则小者亦大。尝有三寸无底之足，与四五寸有底之鞋同立一处，反觉四五寸之小，而三寸之大者，以有底则指尖向下，而秃者疑尖，无底则玉笋朝天，而尖者似秃故也。吾谓高底不宜尽去，只在减损其料而已。足之大者，利于厚而不利于薄，薄则本体现矣；利于大而不利于小，小则痛而不能行矣。我以极薄极小者形之，则似鹤立鸡群，不求异而自异。世岂有高底如钱，不扭捏而能行之大脚乎？

古人取义命名，纤毫不爽，如前所云，以“蟠龙”名髻，“乌云”为发之类是也。独于妇人之足，取义命名，皆与实事相反。何也？足者，形之最小者也；莲者，花之最大者也；而名妇人之足者，必曰“金莲”，名最小之足者，则曰“三寸金莲”。使妇人之足，果如莲瓣之为形，则其阔而大也，尚可言乎？极小极窄之莲瓣，岂止三寸而已乎？此“金莲”之义之不可解也。从来名妇人之鞋者，必曰“凤头”。世人顾名思义，遂以金银制凤，缀于鞋尖以实之。试思凤之为物，止能小于大鹏；方之众鸟，不几洋洋乎大观也哉？以之名鞋，虽曰赞美之词，实类讥讽之迹。如曰“凤头”二字，但肖其形，凤之头锐而身大，是以得名；然则众鸟之头，尽有锐于凤者，何故不以命名，而独有取于凤？且凤较他鸟，其首独昂，妇人趾尖，妙在低而能伏，使如凤凰之昂首，其形尚可观乎？此“凤头”之义之不可解者也。若是，则古人之命名取义，果何所见而云然？岂终不可解乎？曰：有说焉。妇人裹足之制，非由前古，盖后来添设之事也。其命名之初，妇人之足亦犹男子之足，使其果如莲瓣之稍尖，凤头之稍锐，亦可谓古之小脚。无其制而能约小其形，较之今人，殆有过焉者矣。吾谓“凤头”“金莲”等字相传已久，其名未可遽易，然止可呼其名，万勿肖其实；如肖其实，则极不美观，而为前人所误矣。不宁惟是，凤为羽虫之长，与龙比肩，乃帝王饰衣饰器之物也，以之饰足，无乃大亵名器①乎？尝见妇人绣袜，每作龙凤之形，皆昧理僭分之大者，不可不为拈破。近日女子鞋头，不缀凤而缀珠，可称善变。珠出水底，宜在凌波袜下，且似粟之珠，价不甚昂，缀一粒于鞋尖，满足俱呈宝色。使登歌舞之氍毹，则为走盘之珠；使作阳台之云雨，则为掌上之珠。然作始者见不及此，亦犹衣色之变青，不知其然而然，所谓暗合道妙者也。予友余子澹心，向著《鞋袜辨》一篇，考缠足之从来，核妇履之原制，精而且确，足与此说相发明，附载于后。

【注释】

①名器：原指名号与车服仪制，此指身份、尊严。

附：妇人鞋袜辨

古妇人之足，与男子无异。《周礼》有屦人，掌王及后之服屦，为赤舄[①]、黑舄、赤繶[②]、黄繶、青絇[③]、素屦、葛屦，辨外内命夫命妇之功屦、命屦、散屦[④]。可见男女之履，同一形制，非如后世女子之弓弯细纤，以小为贵也。

考之缠足，起于南唐李后主。后主有宫嫔窅娘，纤丽善舞，乃命作金莲，高六尺，饰以珍宝，䌷带缨络，中作品色瑞莲，令窅娘以帛缠足，屈上作新月状，着素袜，行舞莲中，回旋有凌云之态。由是人多效之，此缠足所自始也。唐以前未开此风，故词客诗人，歌咏美人好女，容态之殊丽，颜色之天姣，以至面妆首饰、衣褶裙裾之华靡，鬓发、眉眼、唇齿、腰肢、手腕之婀娜秀洁，无不津津乎其言之，而无一语及足之纤小者。即如古乐府之《双行缠》云："新罗绣白胫，足趺如春妍。"曹子建云："践远游之文履。"李太白诗云："一双金齿屐，两足白如霜。"韩致光诗云："六寸肤圆光致致。"杜牧之诗云："钿尺裁量减四分。"《汉杂事秘辛》云："足长八寸，胫跗丰妍。"夫六寸八寸，素白丰妍，可见唐以前妇人之足，无屈上作新月状者也。即东昏潘妃，作金莲花帖地，令妃行其上，曰"此步步生金莲花"，非谓足为金莲也。崔豹《古今注》"东晋有凤头重台之履"，不专言妇人也。宋元丰以前，缠足者尚少，自元至今，将四百年，矫揉造作亦泰甚矣。

古妇人皆着袜。杨太真死之日，马嵬媪得锦袎袜一只，过客一玩百钱。李太白诗云："溪上足如霜，不着鸦头袜。"袜一名"膝裤"。宋高宗闻秦桧死，喜曰："今后免膝裤中插匕首矣。"则袜也，膝裤也，乃男女之通称，原无分别。但古有底，今无底耳。古有底之袜，不必着鞋，皆可行地；今无底之袜，非着鞋，则寸步不能行矣。张平子云："罗袜凌蹑足容与。"曹子建云："凌波微步，罗袜生尘。"李后主词云："刬袜下香阶，手提金缕鞋。"古今鞋袜之制，其不同如此。至于高底之制，前古未闻，于今独绝。吴下妇人，有以异香为底，围以精绫者；有凿花玲珑，囊以香麝，行步霏霏，印香在地者。此则服妖，宋元以来诗人所未及，故表而出之，以告世之赋“香奁”、咏“玉台”者。

袜色与鞋色相反，袜宜极浅，鞋宜极深，欲其相形而始露也。今之女子，袜皆尚白，鞋用深红深青，可谓尽制。然家家若是，亦忌雷同。予欲更翻置色，深其袜而浅其鞋，则脚之小者更露。盖鞋之为色，不当与地色相同。地色者，泥土砖石之色是也。泥土砖石其为色也多深，浅者立于其上，则界限分明，不为地色所掩。如地青而鞋亦青，地绿而鞋亦绿，则无所见其短长矣。脚之大者则应反此，宜视地色以为色，则藏拙之法，不独使高底居功矣。鄙见若此，请以质之金屋主人，转询阿娇，定其是否。

【注释】

①舄（xì）：古代的一种重木底鞋，是古时最尊贵的鞋，多为帝王大臣穿。②繶（yì）：用丝线编织成的带子。③绚：鞋头的小孔，既可结带，也是装饰。④功屦、命屦、散屦：功屦，古代在命以上的贵族所穿的鞋子，做工略粗于命屦。命屦，古代帝王赐予命夫、命妇的单底鞋。散屦，没有装饰的鞋子。

习技第四

“女子无才便是德。”言虽近理，却非无故而云然。因聪明女子失节者多，不若无才之为贵。盖前人愤激之词，与男子因官得祸，遂以读书作宦为畏途，遗言戒子孙，使之勿读书、勿作宦者等也。此皆见噎废食之说，究竟书可竟弃，仕可尽废乎？吾谓才德二字，原不相妨。有才之女，未必人人败行；贪淫之妇，何尝历历知书？但须为之夫者，既有怜才之心，兼有驭才之术耳。至于姬妾婢媵，又与正室不同。娶妻如买田庄，非五谷不殖，非桑麻不树，稍涉游观之物，即拔而去之，以其为衣食所出，地力有限，不能旁及其他也。买姬妾如治园圃，结子之花亦种，不结子之花亦种；成荫之树亦栽，不成荫之树亦栽，以其原为娱情而设，所重在耳目，则口腹有时而轻，不能顾名兼顾实也。使姬妾满堂，皆是蠢然一物，我欲言而彼默，我思静而彼喧，所答非所问，所应非所求，是何异于入狐狸之穴，舍宣淫而外，一无事事者乎？故习技之道，不可不与修容、治服并讲也。

技艺以翰墨为上，丝竹次之，歌舞又次之，女工则其分内事，不必道也。然尽有专攻男技，不屑女红，鄙织纴为贱役，视针线如仇雠，甚至三寸弓鞋不屑自制，亦倩老妪贫女为捉刀人①者，亦何借巧藏拙，而失造物生人之初意哉！予谓妇人职业，毕竟以缝纫为主，缝纫既熟，徐及其他。予谈习技而不及女工者，以描鸾刺凤之事，闺阁中人人皆晓，无俟予为越俎之谈。其不及女工，而仍郑重其事，不敢竟遗者，虑开后世逐末之门，置纺绩蚕缫于不讲也。虽说闲情，无伤大道，是为立言之初意尔。

【注释】

①捉刀人：指拿着笔的旁侍。古代的侍从，有专门的刀笔隶，这里的“刀”为修改竹木简错字的小型工具，和笔的作用类似。后比喻替别人代笔作文的人。此指替别人缝衣做鞋的女子。

文艺

学技必先学文。非曰先难后易，正欲先易而后难也。天下万事万物，尽有开门之锁钥。销钥维何？文理二字是也。寻常锁钥，一钥止开一锁，一锁止管一门；而文理二字之为锁钥，其所管者不止千门万户。盖合天上地下，万国九州，其大至于无外，其小至于无内，一切当行当学之事，无不握其枢纽，而司其出入者也。此论之发，不独为妇人女子，通天下之士农工贾，三教九流，百工技艺，皆当作如是观。以许大世界，摄入文理二字之中，可谓约矣，不知二字之中又分宾主。凡学文者，非为学文，但欲明此理也。此理既明，则文字又属敲门之砖，可以废而不用矣。天下技艺无穷，其源头止出一理。明理之人学技，与不明理之人学技，其难易判若天渊。然不读书不识字，何由明理？故学技必先学文。然女子所学之文，无事求全责备，识得一字，有一字之用，多多益善，少亦未尝不善；事事能精，一事自可愈精。予尝谓土木匠工，但有能识字记帐者，其所造之房屋器皿，定与拙匠不同，且有事半功倍之益。人初不信，后择数人验之，果如予言。粗技若此，精者可知。甚矣，字之不可不识，理之不可不明也。

妇人读书习字，所难只在入门。入门之后，其聪明必过于男子，以男子念纷，而妇人心一故也。导之入门，贵在情窦未开之际，开则志念稍分，不似从前之专一。然买姬置妾，多在三五、二八之年，娶而不御，使作蒙童求我者，宁有几人？如必俟情窦未开，是终身无可授之人矣。惟在循循善诱，勿阻其机，“扑作教刑”一语，非为女徒而设也。先令识字，字识而后教之以书。识字不贵多，每日仅可数字，取其笔画最少，眼前易见者训之。由易而难，由少而多，日积月累，则一年半载以后，不令读书而自解寻章觅句矣。乘其爱看之时，急觅传奇之有情节、小说之无破绽者，听其翻阅，则书非书也，不怒不威而引人登堂入室之明师也。其故维何？以传奇、小说所载之言，尽是常谈俗语，妇人阅之，若逢故物。譬如一句之中，共有十字，此女已识者七，未识者三，顺口念去，自然不差。是因已识之七字，可悟未识之三字，则此三字也者，非我教之，传奇、小说教之也。由此而机锋相触，自能曲喻旁通。再得男子善为开导，使之由浅而深，则共枕论文，较之登坛讲艺，其为时雨之化，难易奚止十倍哉？十人之中，拔其一二最聪慧者，日与谈诗，使之渐通声律，但有说话铿锵，无重复聱牙之字者，即作诗能文之料也。苏夫人说“春夜月胜于秋夜月，秋夜月令人惨凄，春夜月令人和悦”，此非作诗，随口所说之话也。东坡因其出口合律，许以能诗，传为佳话。此即说话铿锵，无重复聱牙，可以作诗之明验也。其余女子，未必人人若是，但能书义稍通，则任学诸般技艺，皆是锁钥到手，不忧阻隔之人矣。

妇人读书习字，无论学成之后受益无穷，即其初学之时，先有裨于观者：只须案摊书本，手捏柔毫，坐于绿窗翠箔之下，便是一幅画图。班姬[①]续史之容，谢庭[②]咏雪之态，不过如是，何必睹其题咏，较其工拙，而后有闺秀同房之乐哉？噫！此等画图，人间不少，无奈身处其地，皆作寻常事物观，殊可惜耳。

欲令女子学诗，必先使之多读，多读而能口不离诗，以之作话，则其诗意诗情，自能随机触露，而为天籁自鸣矣。至其聪明之所发，思路之由开，则全在所读之诗之工拙，选诗与读者，务在善迎其机。然则选者维何？曰：在“平易尖颖”四字。平易者，使之易明且易学；尖颖者，妇人之聪明，大约在纤巧一路，读尖颖之诗，如逢故我，则喜而愿学，所谓迎其机也。所选之诗，莫妙于晚唐及宋人，初中盛三唐，皆所不取；至汉魏晋之诗，皆秘勿与见，见即阻塞机锋，终身不敢学矣。此予边见，高明者阅之，势必哑然一笑。然予才浅识隘，仅足为女子之师，至高峻词坛，则生平未到，无怪乎立论之卑也。

女子之善歌者，若通文义，皆可教作诗余。盖长短句法，日日见于词曲之中，入者既多，出者自易，较作诗之功为尤捷也。曲体最长，每一套必须数曲，非力赡者不能。诗余短而易竟，如《长相思》《浣溪纱》《如梦令》《蝶恋花》之类，每首不过一二十字，作之可逗灵机。但观诗余选本，多闺秀女郎之作，为其词理易明，口吻易肖故也。然诗余既熟，即可由短而长，扩为词曲，其势亦易。果能如是，听其自制自歌，则是名士佳人合而为一，千古来韵事韵人，未有出于此者。吾恐上界神仙，自鄙其乐，咸欲谪向人寰而就之矣。此论前人未道，实实创自笠翁，有由此而得妙境者，切忽忘其所本。

以闺秀自命者，书、画、琴、棋四艺，均不可少。然学之须分缓急，必不可已者先之，其余资性能兼，不妨次第并举，不则一技擅长，才女之名著矣。琴列丝竹，别有分门，书则前说已备。善教由人，善习由己，其工拙浅深，不可强也。画乃闺中末技，学不学听之。至手谈一节，则断不容已，教之使学，其利于人已者，非止一端。妇人无事，必生他想，得此遣日，则妄念不生，一也；女子群居，争端易酿，以手代舌，是喧者寂之，二也；男女对坐，静必思淫，鼓瑟鼓琴之暇，焚香啜茗之余，不设一番功课，则静极思动，其两不相下之势，不在几案之前，即居床笫之上矣。一涉手谈，则诸想皆落度外，缓兵降火之法，莫善于此。但与妇人对垒，无事角胜争雄，宁饶数子而输彼一筹，则有喜无嗔，笑容可掬；若有心使败，非止当下难堪，且阻后来弈兴矣。

纤指拈棋，踌躇不下，静观此态，尽勾消魂。必欲胜之，恐天地间无此忍人也。

双陆、投壶[3]诸技，皆在可缓。骨牌赌胜，亦可消闲，且易知易学，似不可已。

【注释】

①班姬：即班昭。东汉女辞赋家。一名姬，字惠班。班彪女，班固妹。曾继承父兄遗志，续写《汉书》。②谢庭咏雪：谢庭咏雪，出自刘义庆的《世说新语》：东晋时，谢安召集众子侄论文义，俄而雪骤，安问："何所似也？"谢朗答："撒盐空中差可拟。"谢道韫答："未若柳絮因风起。"谢安大为称赏。后世因称女子的文学才能为"咏絮才"。之姿、之态，是说她们当时表现出的才华横溢的风度。③双陆、投壶：双陆，古代的一种赌博游戏。投壶，古代宴饮时的一种游戏。

丝竹

丝竹之音，推琴为首。古乐相传至今，其已变而未尽变者，独此一种，余皆末世之音也。妇人学此，可以变化性情，欲置温柔乡，不可无此陶熔之具。然此种声音，学之最难，听之亦最不易。凡令姬妾学此者，当先自问其能弹与否。主人知音，始可令琴瑟在御，不则弹者铿然，听者茫然，强束官骸以俟其阕，是非悦耳之音，乃苦人之具也，习之何为？

凡人买姬置妾，总为自娱。己所悦者，导之使习；己所不悦，戒令勿为，是真能自娱者也。尝见富贵之人，听惯弋阳、四平等腔，极嫌昆调之冷，然因世人雅重昆调，强令歌童习之，每听一曲，攒眉许久，座客亦代为苦难，此皆不善自娱者也。予谓人之性情，各有所嗜，亦各有所厌，即使嗜之不当，厌之不宜，亦不妨自攻其谬。自攻其谬，则不谬矣。予生平有三癖，皆世人共好而我独不好者：一为果中之橄榄，一为馔中之海参，一为衣中之茧绸。此三物者，人以食我，我亦食之；人以衣我，我亦衣之；然未尝自沽而食，自购而衣，因不知其精美之所在也。谚云："村人吃橄榄，不知回味。"予真海内之村人也。因论习琴，而谬谈至此，诚为饶舌。

人问：主人善琴，始可令姬妾学琴，然则教歌舞者，亦必主人善歌善舞而后教乎？须眉丈夫之工此者，有几人乎？曰：不然。歌舞难精而易晓，闻其声音之婉转，睹见体态之轻盈，不必知音，始能领略，座中席上，主客皆然，所谓雅俗共赏者是也。琴音易响而难明，非身习者不知，惟善弹者能听。伯牙不遇子期，相如不得文君，尽日挥弦，总成虚鼓。吾观今世之为琴，善弹者多，能听者少；延名师、教美妾者尽多，果能以此行乐，不愧文君、相如之名者绝少。务实不务名，此予立言之意也。若使主人善操，则当舍诸技而专务丝桐。"妻子好合，如鼓瑟琴[①]。""窃窕淑女，琴瑟友之[②]。"琴瑟非他，胶漆男女，而使之合一；联络情意，而使之不分者也。花前月下，美景良辰，值水阁之生凉，遇绣窗之无事，或夫唱而妻和，或女操而男听，或两声齐发，韵不参差，无论身当其境者俨若神仙，即画成一幅合操图，亦足令观者消魂，而知音男妇之生妒也。

丝音自蕉桐[③]而外，女子宜学者，又有琵琶、弦索[④]、提琴[⑤]之三种。琵琶极妙，惜今时不尚，善弹者少，然弦索之音，实足以代之。弦索之形较琵琶为瘦小，与女郎之纤体最宜。近日教习家，其于声音之道，能不大谬于宫商者，首推弦索，时曲次之，戏曲又次之。予向有场内无文，场上无曲之说，非过论也。止为初学之时，便以取舍得失为心，虑其调高和寡，止求为"下里巴人"，不愿作"阳春白雪"，故造到五七分即止耳。提琴较之弦索，形愈小而声愈清，度清曲者必不可少。提琴之音，即绝少美人之音也。春容柔媚，婉转断续，无一不肖。即使清曲不度，止令善歌二人，一吹洞箫，一搜提琴，暗谱悠扬之曲，使隔花间柳者听之，俨然一绝代佳人，不觉动怜香惜玉之思也。

丝音之最易学者，莫过于提琴，事半功倍，悦耳娱神。吾不能不德创始之人，令若辈尸而祝之也。

竹音之宜于闺阁者，惟洞箫一种。笛可暂而不可常。到笙、管二物，则与诸乐并陈，不得已而偶然一弄，非绣窗所应有也。盖妇人奏技，与男子不同，男子所重在声，妇人所重在容。吹笙搦管之时，声则可听，而容不耐看，以其气塞而腮胀也，花容月貌为之改观，是以不应使习。妇人吹箫，非止容颜不改，且能愈增娇媚。何也？按风作调，玉笋为之愈尖；簇口为声，朱唇因而越小。画美人者，常作吹箫图，以其易于见好也。或箫或笛，如使二女并吹，其为声也倍清，其为态也更显，焚香啜茗而领略之，皆能使身不在人间世也。

吹箫品笛之人，臂上不可无钏。钏又勿使太宽，宽则藏于袖中，不得见矣。

【注释】

①妻子好合，如鼓瑟琴：出自《诗经·小雅·棠棣》。琴、瑟同时弹奏，其音谐和，用以喻夫妇和睦。②窈窕淑女，琴瑟友之：出自《诗经·周南·关雎》。是说文静美丽的女子，我通过弹琴鼓瑟去认识她。也是用琴瑟比喻夫妇的和谐。③蕉桐：即焦桐，本指东汉蔡邕用烧焦的桐木造的琴，后代指琴。④弦索：本指弦乐器，此处指三弦。⑤提琴：泛指四根弦的拉弦乐器，如四胡、革胡等。

歌舞

昔人教女子以歌舞，非教歌舞，习声容也。欲其声音婉转，则必使之学歌；学歌既成，则随口发声，皆有燕语莺啼之致，不必歌而歌在其中矣。欲其体态轻盈，则必使之学舞；学舞既熟，则回身举步，悉带柳翻花笑之容，不必舞而舞在其中矣。古人立法，常有事在此而意在彼者。如良弓之子先学为箕，良冶之子先学为裘。妇人之学歌舞，即弓冶之学箕裘也。后人不知，尽以声容二字属之歌舞，是歌外不复有声，而征容必须试舞，凡为女子者，即有飞燕之轻盈，夷光之妩媚，舍作乐无所见长。然则一日之中，其为清歌妙舞者有几时哉？若使声容二字，单为歌舞而设，则其教习声容，犹在可疏可密之间。若知歌舞二事，原为声容而设，则其讲究歌舞，有不可苟且塞责者矣。但观歌舞不精，则其贴近主人之身，而为殢雨尤云之事者，其无娇音媚态可知也。

“丝不如竹，竹不如肉[①]。”此声乐中三昧语，谓其渐近自然也。予又谓男音之为肉，造到极精处，止可与丝竹比肩，犹是肉中之丝，肉中之竹也。何以知之？但观人赞男音之美者，非曰“其细如丝”，则曰“其清如竹”，是可概见。至若妇人之音，则纯乎其为肉矣。语云：“词出佳人口。”予曰：不必佳人，凡女子之善歌者，无论妍媸美恶，其声音皆迥别男人。貌不扬而声扬者有之，未有面目可观而声音不足听者也。但须教之有方，导之有术，因材而施，无拂其天然之性而已矣。歌舞二字，不止谓登场演剧，然登场演剧一事，为今世所极尚，请先言其同好者。

一曰取材。取材维何？优人所谓“配脚色”是已。喉音清越而气长者，正生、小生之料也；喉音娇婉而气足者，正旦、贴旦之料也，稍次则充老旦；喉音清亮而稍带质朴者，外末之料也；喉音悲壮而略近噍杀者，大净之料也。至于丑与副净，则不论喉音，只取性情之活泼，口齿之便捷而已。然此等脚色，似易实难。男优之不易得者二旦，女优之不易得者净丑。不善配脚色者，每以下选充之，殊不知妇人体态不难于庄重妖娆，而难于魁奇洒脱，苟得其人，即使面貌娉婷，喉音清婉，可居生旦之位者，亦当屈抑而为之。盖女优之净丑，不比男优，仅有花面之名，而无抹粉涂胭之实，虽涉诙谐谑浪，犹之名士风流。若使梅香之面貌胜于小姐，奴仆之词曲过于官人，则观者听者倍加怜惜，必不以其所处之位卑，而遂卑其才与貌也。

二曰正音。正音维何？察其所生之地，禁为乡土之言，使归《中原音韵》之正者是已。乡音一转而即合昆调者，惟姑苏一郡。一郡之中，又止取长、吴二邑，余皆稍逊，以其与他郡接壤，即带他郡之音故也。即如梁溪境内之民，去吴门不过数十里，使之学歌，有终身不能改变之字，如呼酒钟为“酒宗”之类是也。近地且然，况愈远而愈别者乎？然不知远者易改，近者难改；词语判然、声音迥别者易改，词语声音大同小异者难改。譬如楚人往粤，越人来吴，两地声音判如霄壤，或此呼而彼不应，或彼说而此不言，势必大费精神，改唇易舌，求为同声相应而后已。止因自任为难，故转觉其易也。至入附近之地，彼所言者，我亦能言，不过出口收音之稍别，改与不改，无甚关系，往往因仍苟且，以度一生。止因自视为易，故转觉其难也。正音之道，无论异同远近，总当视易为难。选女乐者，必自吴门是已。然尤物之生，未尝择地，燕姬赵女、越妇秦娥，见于载籍者，不一而足。“惟楚有材，惟晋用之[②]。”此言晋人善用，非曰惟楚能生材也。

予游遍域中，觉四方声音，凡在二八上下之年者，无不可改，惟八闽、江右二省，新安、武林二郡，较他处为稍难耳。正音有法，当择其一韵之中，字字皆别，而所别之韵，又字字相同者，取其吃紧一二字，出全副精神以正之。正得一二字转，则破竹之势已成，凡属此一韵中相同之字，皆不正而自转矣。请言一二以概之。九州以内，择其乡音最劲、舌本最强者而言，则莫过于秦晋二地。不知秦晋之音，皆有一定不移之成格。秦音无东钟，晋音无真文；秦音呼东钟为真文，晋音呼真文为东钟。此予身入其地，习处其人，细细体认而得之者。秦人呼中庸之中为"肫"，通达之通为"吞"，东南西北之东为"敦"，青红紫绿之红为"魂"，凡属东钟一韵者，字字皆然，无一合于本韵，无一不涉真文。岂非秦音无东钟，秦音呼东钟为真文之实据乎？我能取此韵中一二字，朝训夕诂，导之改易，一字能变，则字字皆变矣。晋音较秦音稍杂，不能处处相同，然凡属真文一韵之字，其音皆仿佛东钟，如呼子孙之孙为"松"，昆腔之昆为"空"之类是也。即有不尽然者，亦在依稀仿佛之间。正之亦如前法，则用力少而成功多。是使无东钟而有东钟，无真文而有真文，两韵之音，各归其本位矣。秦晋且然，况其他乎？大约北音多平而少入，多阴而少阳。吴音之便于学歌者，止以阴阳平仄不甚谬耳。然学歌之家，尽有度曲一生，不知阴阳平仄为何物者，是与蠹鱼日在书中，未尝识字等也。予谓教人学歌，当从此始。平仄阴阳既谙，使之学曲，可省大半工夫。正音改字之论，不止为学歌而设，凡有生于一方，而不屑为一方之士者，皆当用此法以掉其舌。至于身在青云，有率吏临民之责者，更宜洗涤方音，讲求韵学，务使开口出言，人人可晓。常有官说话而吏不知，民辩冤而官不解，以致误施鞭扑，倒用劝惩者。声音之能误人，岂浅鲜哉！

正音改字，切忌务多。聪明者每日不过十余字，资质钝者渐减。每正一字，必令于寻常说话之中，尽皆变易，不定在读曲念白时。若止在曲中正字，他处听其自然，则但于眼于依从，非久复成故物，盖借词曲以变声音，非假声音以善词曲也。

三曰习态。态自天生，非关学力，前论声容，已备悉其事矣。而此复言习态，抑何自相矛盾乎？曰：不然。彼说闺中，此言场上。闺中之态，全出自然。场上之态，不得不由勉强，虽由勉强，却又类乎自然，此演习之功之不可少也。生有生态，旦有旦态，外末有外末之态，净丑有净丑之态，此理人人皆晓；又与男优相同，可置弗论，但论女优之态而已。男优妆旦，势必加以扭捏，不扭捏不足以肖妇人；女优妆旦，妙在自然，切忌造作，一经造作，又类男优矣。人谓妇人扮妇人，焉有造作之理，此语属赘。不知妇人登场，定有一种矜持之态：自视为矜持，人视则为造作矣。须令于演剧之际，只作家内想，勿作场上观，始能免于矜持造作之病。此言旦脚之态也。然女态之难，不难于旦，而难于生；不难于生，而难于外末净丑；又不难于外末净丑之坐卧欢娱，而难于外末净丑之行走哭泣。总因脚小而不能跨大步，面娇而不肯妆瘁容故也。然妆龙像龙，妆虎像虎，妆此一物，而使人笑其不似，是求荣得辱，反不若设身处地，酷肖神情，使人赞美之为愈矣。至于美妇扮生，较女妆更为绰约。潘安、卫玠③，不能复见其生时，借此辈权为小像，无论场上生姿，曲中耀目，即于花前月下偶作此形，与之坐谈对弈，啜茗焚香，虽歌舞之余文，实温柔乡之异趣也。

【注释】

①丝不如竹，竹不如肉：见《左传·襄公二十六年》。丝，代指弦乐器；竹，代指管乐器；肉，指人的声音。②惟楚有材，惟晋用之：选自《左传·襄公二十六年》："虽楚有才，晋实用之"。③潘安、卫玠：都是晋代美男子。

居室部

房舍第一

人之不能无屋，犹体之不能无衣。衣贵夏凉冬燠，房舍亦然。“堂高数仞，榱题数尺[①]”，壮则壮矣，然宜于夏而不宜于冬。登贵人之堂，令人不寒而栗，虽势使之然，亦寥廓有以致之；我有重裘，而彼难挟纩[②]故也。及肩之墙，容膝之屋，俭则俭矣，然适于主而不适于宾。造寒士之庐，使人无忧而叹，虽气感之耳，亦境地有以迫之；此耐萧疏，而彼憎岑寂故也。

吾愿显者之居，勿太高广。夫房舍与人，欲其相称。画山水者有诀云：“丈山尺树，寸马豆人。”使一丈之山，缀以二尺三尺之树；一寸之马，跨以似米似粟之人，称乎？不称乎？使显者之躯，能如汤文之九尺十尺，则高数仞为宜，不则堂愈高而人愈觉其矮，地愈宽而体愈形其瘠，何如略小其堂，而宽大其身之为得乎？处士之庐，难免卑隘，然卑者不能耸之使高，隘者不能扩之使广，而污秽者、充塞者则能去之使净，净则卑者高而隘者广矣。

吾贫贱一生，播迁流离，不一其处，虽债而食，赁而居，总未尝稍污其座。性嗜花竹，而购之无资，则必令妻孥忍饥数日，或耐寒一冬，省口体之奉，以娱耳目。人则笑之，而我怡然自得也。性又不喜雷同，好为矫异，常谓人之葺居治宅，与读书作文同一致也。譬如治举业者，高则自出手眼，创为新异之篇；其极卑者，亦将读熟之文移头换尾，损益字句而后出之，从未有抄写全篇，而自名善用者也。乃至兴造一事，则必肖人之堂以为堂，窥人之户以立户，稍有不合，不以为得，而反以为耻。常见通侯贵戚，掷盈千累万之资以治园圃，必先谕大匠曰：亭则法某人之制，榭则遵谁氏之规，勿使稍异。而操运斤之权者，至大厦告成，必骄语居功，谓其立户开窗，安廊置阁，事事皆仿名园，纤毫不谬。噫！陋矣。以构造园亭之胜事，上之不能自出手眼，如标新创异之文人；下之至不能换尾移头，学套腐为新之庸笔，尚嚣嚣以鸣得意，何其自处之卑哉！

予尝谓人曰：生平有两绝技，自不能用，而人亦不能用之，殊可惜也。人问：绝技维何？予曰：一则辨审音乐，一则置造园亭。性嗜填词，每多撰著，海内共见之矣。设处得为之地，自选优伶，使歌自撰之词曲，口授而躬试之，无论新裁之曲，可使迥异时腔，即旧日传奇，一概删其腐习而益以新格，为往时作者别开生面，此一技也。一则创造园亭，因地制宜，不拘成见，一榱一桷，必令出自己裁，使经其地、入其室者，如读湖上笠翁之书，虽乏高才，颇饶别致，岂非圣明之世，文物之邦，一点缀太平之具哉？噫！吾老矣，不足用也。请以崖略付之简篇，供嗜痂者采择。收其一得，如对笠翁，则斯编实为神交之助尔。

土木之事，最忌奢靡。匪特庶民之家当崇俭朴，即王公大人亦当以此为尚。盖居室之制，贵精不贵丽，贵新奇大雅，不贵纤巧烂漫。凡人止好富丽者，非好富丽，因其不能创异标新，舍富丽无所见长，只得以此塞责。譬如人有新衣二件，试令两人服之，一则雅素而新奇，一则辉煌而平易，观者之目，注在平易乎？在新奇乎？锦绣绮罗，谁不知贵，亦谁不见之？缟衣素裳，其制略新，则为众目所射，以其未尝睹也。凡予所言，皆属价廉工省之事，即有所费，亦不及雕镂粉藻之百一。且古语云："耕当问奴，织当访婢。"予贫士也，仅识寒酸之事。欲示富贵，而以绮丽胜人，则有从前之旧制在。

新制人所未见，即缕缕言之，亦难尽晓，势必绘图作样。然有图所能绘，有不能绘者。不能绘者十之九，能绘者不过十之一。因其有而会其无，是在解人善悟耳。

【注释】

①堂高数仞，榱题数尺：语出《孟子·尽心章句下》。榱题，屋椽的端头。通常伸出屋檐，因通称出檐。②挟纩：披着棉衣，比喻受人抚慰，感到温暖。

向背

屋以面南为正向。然不可必得，则面北者宜虚其后，以受南薰；面东者虚右，面西者虚左，亦犹是也。如东、西、北皆无余地，则开窗借天以补之。牖之大者，可抵小门二扇；穴之高者，可敌低窗二扇，不可不知也。

途径

径莫便于捷，而又莫妙于迂。凡有故作迂途，以取别致者，必另开耳门一扇，以便家人之奔走，急则开之，缓则闭之，斯雅俗俱利，而理致兼收矣。

高下

房舍忌似平原，须有高下之势，不独园圃为然，居宅亦应如是。前卑后高，理之常也。然地不如是，而强欲如是，亦病其拘。总有因地制宜之法：高者造屋，卑者建楼，一法也；卑处叠石为山，高处浚水为池，二法也。又有因其高而愈高之，竖阁磊峰于峻坡之上；因其卑而愈卑之，穿塘凿井于下湿之区。总无一定之法，神而明之，存乎其人，此非可以遥授方略者矣。

出檐深浅

居宅无论精粗，总以能避风雨为贵。常有画栋雕梁，琼楼玉栏，而止可娱晴，不堪坐雨者，非失之太敞，则病于过峻。故柱不宜长，长为招雨之媒；窗不宜多，多为匿风之薮；务使虚实相半，长短得宜。又有贫士之家，房舍宽而余地少，欲作深檐以障风雨，则苦于暗；欲置长牖以受光明，则虑在阴。剂其两难，则有添置活檐一法。何为活檐？法于瓦檐之下，另设板棚一扇，置转轴于两头，可撑可下。晴则反撑，使正面向下，以当檐外顶格；雨则正撑，使正面向上，以承檐溜。是我能用天，而天不能窘我矣。

置顶格

精室不见椽瓦，或以板覆，或用纸糊，以掩屋上之丑态，名为“顶格”，天下皆然。予独怪其法制未善。何也？常因屋高檐矮，意欲取平，遂抑高者就下，顶格一概齐檐，使高敞有用之区，委之不见不闻，以为鼠窟，良可慨也。亦有不忍弃此，竟以顶板贴椽，仍作屋形，高其中而卑其前后者，又不美观，而病其呆笨。

予为新制，以顶格为斗笠之形，可方可圆，四面皆下，而独高其中。且无多费，仍是平格之板料，但令工匠画定尺寸，旋而去之。如作圆形，则中间旋下一段是弃物矣，即用弃物作顶，升之于上，止增周围一段竖板，长仅尺许，少者一层，多则二层，随人所好，方者亦然。造成之后，若糊以纸，又可于竖板之上，裱贴字画，圆者类手卷，方者类册叶，简而文，新而妥，以质高明，必当取其有裨。长方者可用竖板作门，时开时闭，则当壁橱四张，纳无限器物于中，而不之觉也。

甃地

古人茅茨土阶，虽崇俭朴，亦以法制未尽备也。惟幕天者可以席地，梁栋既设，即有阶除，与戴冠者不可跣足，同一理也。且土不覆砖，尝苦其湿，又易生尘。有用板作地者，又病其步履有声，喧而不寂。以三和土甃地，筑之极坚，使完好如石，最为丰俭得宜。而又有不便于人者：若和灰和土不用盐卤，则燥而易裂；用之发潮，又不利于天阴。且砖可挪移，而甃成之土不可挪移，日后改迁，遂成弃物，是又不宜用也。不若仍用砖铺，止在磨与不磨之间，别其丰俭，有力者磨之使光，无力者听其自糙。

予谓极糙之砖，犹愈于极光之土。但能自运机杼，使小者间大，方者合圆，别成文理，或作冰裂，或肖龟纹，收牛溲马勃①入药笼，用之得宜，其价值反在参苓之上。此种调度，言之易而行之甚难，仅存其说而已。

【注释】

①牛溲马勃：牛溲，车前草。马勃，一种菌类。此处代指价廉易得的低贱之物。

洒扫

精美之房，宜勤洒扫。然洒扫中亦具大段学问，非僮仆所能知也。欲去浮尘，先用水洒，此古人传示之法，今世行之者，十中不得一二。盖因童子性懒，虑有汲水之烦，止扫不洒，是以两事并为一事，惜其力也。久之习为固然，非特童子忘之，并主人亦不知扫地之先，更有一事矣。彼但知两者并一是省事法，殊不知因其懒也，遂以一事化为数十事。服役者既以为苦，而指使者亦觉其繁，然总不知此数十事者，皆从一事苟简而生之者也。

精舍之内，自明窗净几而外，尚有图书翰墨、古董器玩之种种，无一不忌浮尘。不洒而扫，是以红尘掺物，物物皆受其蒙，并栋梁之上、榱桷之间亦生障翳，势必逐件擦磨，始现本来面目，手不停挥者，半日才能竣事，不亦劳乎？若能先洒后扫，则扫过之后，只须麈尾[①]一拂，一日清晨之事毕矣，何指使服役之纷纷哉？此洒水之不容已也。

然勤扫不如勤洒，人则知之；多洒不如轻扫，人则未知之也。饶其善洒，不能处处皆遍，究竟干地居多，服役者不知，以其既经洒湿，则任意挥扫无妨。扬尘舞蹈之际，障翳之生也更多，故运帚切记勿重；匪特勿重，每于歇手之际，必使帚尾着地，勿令悬空，如扫一帚起一帚，则与挥扇无异，是扬灰使起，非抑尘使伏也。此是一法。又有闭门扫地之诀，不可不知。如人先扫房舍，后及阶除，则将房舍之门紧闭，俟扫完阶除后，略停片刻，然后开门，始无灰尘入户之患。臧获不知，以为房舍扫完，其事毕矣，此后渐及门外，与内绝不相蒙，岂知有顾此失彼之患哉！顺风扬灰，一帚可当十帚，较之未扫更甚。此皆世人所忽，故拈出告之，然未免饶舌。

洒扫二事，势必相因，缺一不可，然亦有时以孤行为妙，是又不可不知。先洒后扫，言其常也，若旦旦如是，则土胶于水，积而不去，日厚一日，砖板受其虚名，而有土阶之实矣。故洒过数日，必留一日勿洒，止令童子轻轻用帚，不致扬尘，是数日所积者一朝去之，则水土交相为用，而不交相为害矣。

【注释】

①麈（zhǔ）尾：古人闲谈时执以驱虫、掸尘的一种工具。在细长的木条两边及上端插设兽毛，或直接让兽毛垂露外面，类似马尾松。

藏污纳垢

欲营精洁之房，先设藏垢纳污之地。何也？爱精喜洁之士，一物不整齐，即如目中生刺，势必去之而后已。然一人之身，百工之所为备，能保物物皆精乎？且如文人之手，刻不停批；绣女之躬，时难罢刺。唾绒满地，金屋为之不光；残稿盈庭，精舍因而欠好。是极韵之物，尚能使人不韵，况其他乎？故必于精舍左右，另设小屋一间，有如复道，俗名"套房"是也。凡有败笺弃纸、垢砚秃毫之类，卒急不能料理者，姑置其间，以俟暇时检点。妇人之闺阁亦然，残脂剩粉无日无之，净之将不胜其净也。此房无论大小，但期必备。如贫家不能办此，则以箱笼代之，案旁榻后皆可置。先有容拙之地，而后能施其巧，此藏垢之不容已也。

至于纳污之区，更不可少。凡人有饮即有溺，有食即有便。如厕之时尚少，可于溷厕之外，不必另筹去路。至于溺之为数，一日不知凡几，若不择地而遗，则净土皆成粪壤，如或避洁就污，则往来仆仆，"是率天下而路也①"。此为寻常好洁者言之。若夫文人运腕，每至得意疾书之际，机锋一转，则断不可续。然而寝食可废，便溺不可废也。"官急不如私急"，俗不云乎？常有得句将书而阻于溺，及溺后觅之杳不可得者，予往往验之，故营此最急。当于书室之旁，穴墙为孔，嵌以小竹，使遗在内而流于外，秽气罔闻，有若未尝溺者，无论阴晴寒暑，可以不出户庭。此予自为计者，而亦举以示人，其无隐讳可知也。

【注释】

①是率天下而路也：语出《孟子·滕文公上》里的《许行》篇。意思是：这让全天下人都疲惫不堪。路，疲劳；羸弱。

窗栏第二

吾观今世之人，能变古法为今制者，其惟窗栏二事乎！窗栏之制，日新月异，皆从成法中变出。"腐草为萤"，实具至理，如此则造物生人，不枉付心胸一片。但造房建宅与置立窗轩，同是一理，明于此而暗于彼，何其有聪明而不善扩乎？

予往往自制窗栏之格，口授工匠使为之，以为极新极异矣，而偶至一处，见其已设者，先得我心之同然，因自笑为辽东白豕①。独房舍之制不然，求为同心甚少。门窗二物，新制既多，予不复赘，恐其又蹈白豕辙也。惟约略言之，以补时人之偶缺。

【注释】

①辽东白豕：典出《后汉书·朱浮传》：是说辽东有头猪生个白头小猪，主人以为奇异，便送去进献，走到河东，看见很多猪全身都是白的，便羞惭地回去了。后遂用“辽东白豕”“辽豕白头”“辽豕白”“辽豕”等比喻少见多怪，或因见识浅薄而羞惭。常作谦词。

制体宜坚

窗棂以明透为先，栏杆以玲珑为主，然此皆属第二义；具首重者，止在一字之坚，坚而后论工拙。尝有穷工极巧以求尽善，乃不逾时而失头堕趾，反类画虎未成者，计其新而不计其旧也。总其大纲，则有二语：宜简不宜繁，宜自然不宜雕斫。

凡事物之理，简斯可继，繁则难久，顺其性者必坚，戕其体者易坏。木之为器，凡合笋使就者，皆顺其性以为之者也。雕刻使成者，皆戕其体而为之者也；一涉雕镂，则腐朽可立待矣。故窗棂栏杆之制，务使头头有笋，眼眼着撒。然头眼过密，笋撒太多，又与雕镂无异，仍是戕其体也，故又宜简不宜繁。根数愈少愈佳，少则可怪；眼数愈密愈贵，密则纸不易碎。然既少矣，又安能密？曰：此在制度之善，非可以笔舌争也。窗栏之体，不出纵横、欹斜、屈曲三项，请以萧斋制就者，各图一则以例之。

△纵横格

是格也，根数不多，而眼亦未尝不密，是所谓头头有笋，眼眼着撒者，雅莫雅于此，坚亦莫坚于此矣。是从陈腐中变出。由此推之，则旧式可化为新者，不知凡几。但取其简者、坚者、自然者变之，事事以雕镂为戒，则人工渐去，而天巧自呈矣。

△欹斜格（系栏）

此格甚佳，为人意想所不到，因其平而有笋者，可以着实，尖而无笋者，没处生根故也。然赖有躲闪法，能令外似悬空，内偏着实，止须善藏其拙耳。当于尖木之后，另设坚固薄板一条，托于其后，上下投笋，而以尖木钉于其上，前看则无，后观则有。其能幻有为无者，全在油漆时善于着色。如栏杆之本体用朱，则所托之板另用他色。他色亦不得泛用，当以屋内墙壁之色为色。如墙系白粉，此板亦作粉色；壁系青砖，此板亦肖砖色。自外观之，止见朱色之纹，而与墙壁相同者，混然一色，无所辨矣。至栏杆之内向者，又必另为一色，勿与外同，或青或蓝，无所不可，而薄板向内之色，则当与之相合。自内观之，又别成一种文理，较外尤可观也。

△屈曲体（系栏）

此格最坚，而又省费，名“桃花浪”，又名“浪里梅”。曲木另造，花另造，俟曲木入柱投笋后，始以花塞空处，上下着钉，借此联络，虽有大力者挠之，不能动矣。花之内外，宜作两种，一作桃，一作梅，所云“桃花浪”“浪里梅”是也。浪色亦忌雷同，或蓝或绿，否则同是一色，而以深浅别之，使人一转足之间，景色判然。是以一物幻为二物，又未尝于本等材料之外，另费一钱。凡予所为，强半皆若是也。

取景在借

开窗莫妙于借景，而借景之法，予能得其三昧。向犹私之，乃今嗜痂者众，将来必多依样葫芦，不若公之海内，使物物尽效其灵，人人均有其乐。但期于得意酣歌之顷，高叫笠翁数声，使梦魂得以相傍，是人乐而我亦与焉，为愿足矣。

向居西子湖滨，欲购湖舫一只，事事犹人，不求稍异，止以窗格异之。人询其法，予曰：四面皆实，独虚其中，而为“便面[①]”之形。实者用板，蒙以灰布，勿露一隙之光；虚者用木作框，上下皆曲而直其两旁，所谓便面是也。纯露空明，勿使有纤毫障翳。是船之左右，止有二便面，便面之外，无他物矣。坐于其中，则两岸之湖光山色、寺观浮屠、云烟竹树，以及往来之樵人牧竖、醉翁游女，连人带马，尽入便面之中，作我天然图画。且又时时变幻，不为一定之形。非特舟行之际，摇一橹，变一像，撑一篙，换一景，即系缆时，风摇水动，亦刻刻异形。是一日之内，现出百千万幅佳山佳水，总以便面收之。而便面之制，又绝无多费，不过曲木两条、直木两条而已。世有掷尽金钱，求为新异者，其能新异若此乎？

此窗不但娱已，兼可娱人。不特以舟外无穷之景色摄入舟中，兼可以舟中所有之人物，并一切几席杯盘射出窗外，以备来往游人之玩赏。何也？以内视外，固是一幅便面山水；而以外视内，亦是一幅扇头人物。譬如拉妓邀僧，呼朋聚友，与之弹棋观画，分韵拈毫，或饮或歌，任眠任起，自外观之，无一不同绘事。同一物也，同一事也，此窗未设以前，仅作事物观；一有此窗，则不烦指点，人人俱作画图观矣。

夫扇面非异物也，肖扇面为窗，又非难事也。世人取象乎物，而为门为窗者，不知凡几，独留此眼前共见之物，弃而弗取，以待笠翁，讵非咄咄怪事乎？所恨有心无力，不能办此一舟，竟成欠事。兹且移居白门，为西子湖之薄幸人矣。此愿茫茫，其何能遂？不得已而小用其机，置机窗于楼头，以窥钟山气色，然非创始之心，仅存其制而已。

予又尝作观山虚牖，名“尺幅窗”，又名“无心画”，姑妄言之。浮白轩中，后有小山一座，高不逾丈，宽止及寻，而其中则有丹崖碧水，茂林修竹，鸣禽响瀑，茅屋板桥，凡山居所有之物，无一不备。盖因善塑者肖予一像，神气宛然，又因予号笠翁，顾名思义，而为把钓之形。予思既执纶竿，必当坐之矶上，有石不可无水，有水不可无山，有山有水，不可无笠翁息钓归休之地，遂营此窟以居之。是此山原为像设，初无意于为窗也。后见其物小而蕴大，有“须弥芥子[②]”之义，尽日坐观，不忍阖牖，乃瞿然曰：“是山也，而可以作画；是画也，而可以为窗；不过损予一日杖头钱，为装潢之具耳。”遂命童子裁纸数幅，以为画之头尾，及左右镶边。头尾贴于窗之上下，镶边贴于两旁，俨然堂画一幅，而但虚其中。非虚其中，欲以屋后之山代之也。坐而观之，则窗非窗也，画也；山非屋后之山，即画上之山也。不觉狂笑失声，妻孥群至，又复笑予所笑，而“无心画”“尺幅窗”之制，从此始矣。

予又尝取枯木数茎，置作天然之牖，名曰“梅窗”。生平制作之佳，当以此为第一。己酉之夏，骤涨滔天，久而不涸，斋头淹死榴、橙各一株，伐而为薪，因其坚也，刀斧难入，卧于阶除者累日。予见其枝柯盘曲，有似古梅，而老干又具盘错之势，似可取而为器者，因筹所以用之。是时栖云谷中，幽而不明，正思辟牖，乃幡然曰：“道在是矣！”遂语工师，取老干之近直者，顺其本来，不加斧凿，为窗之上下两旁，是窗之外廓具矣。再取枝柯之一面盘曲、一面稍平者，分作梅树两株，一从上生而倒垂，一从下生而仰接，其稍平之一面则略施斧斤，去其皮节而向外，以便糊纸；其盘曲之一面，则匪特尽全其天，不稍戕斫，并疏枝细梗而留之。既成之后，剪彩作花，分红梅、绿萼二种，缀于疏枝细梗之上，俨然活梅之初着花者。同人见之，无不叫绝。予之心思，讫于此矣。后有所作，当亦不过是矣。

便面不得于舟，而用于房舍，是屈事矣。然有移天换日之法在，亦可变昨为今，化板成活，俾耳目之前，刻刻似有生机飞舞，是亦未尝不妙，止费我一番筹度耳。予性最癖，不喜盆内之花，笼中之鸟，缸内之鱼，及案上有座之石，以其局促不舒，令人作囚鸾絷凤之想。故盆花自幽兰、水仙而外，未尝寓目。鸟中之画眉，性酷嗜之，然必另出己意而为笼，不同旧制，务使不见拘囚之迹而后已。自设便面以后，则生平所弃之物，尽在所取。从来作便面者，凡山水人物、竹石花鸟以及昆虫，无一不在所绘之内，故设此窗于屋内，必先于墙外置板，以备承物之用。一切盆花笼鸟、蟠松怪石，皆可更换置之。如盆兰吐花，移之窗外，即是一幅便面幽兰；盎菊舒英，纳之牖中，即是一幅扇头佳菊。或数日一更，或一日一更；即一日数更，亦未尝不可。但须遮蔽下段，勿露盆盎之形。而遮蔽之物，则莫妙于零星碎石，是此窗家家可用，人人可办，讵非耳目之前第一乐事？得意酣歌之顷，可忘作始之李笠翁乎？

△湖舫式

此湖舫式也。不独西湖，凡居名胜之地，皆可用之。但便面止可观山临水，不能障雨蔽风，是又宜筹退步，以补前说之不逮。退步云何？外设推板，可开可阖，此易为之事也。但纯用推板，则幽而不明；纯用明窗，又与扇面之制不合，须以板内嵌窗之法处之。其法维何？曰：即仿梅窗之制，以制窗棂。亦备其式于右。

△便面窗外推板装花式

四围用板者，既取其坚，又省制棂装花人工之半也。中作花树者，不失扇头图画之本色也。用直棂间于其中者，无此则花树无所倚靠，即勉强为之，亦浮脆而难久也。

棂不取直，而作欹斜之势，又使上宽下窄者，欲肖扇面之折纹；且小者可以独扇，大则必分双扇，其中间合缝处，糊纱糊纸，无直木以界之，则纱与纸无所依附故也。若是，则棂与花树纵横相杂，不几泾渭难分，而求工反拙乎？曰：不然。有两法盖藏，勿虑也。花树粗细不一，其势莫妙于参差，棂则极匀，而又贵乎极细，须以极坚之木为之，一法也；油漆并着色之时，棂用白粉，与糊窗之纱纸同色，而花树则绘五彩，俨然活树生花，又一法也。若是泾渭自分，而便面与花，判然有别矣。梅花止备一种，此外或花或鸟，但取简便者为之，勿拘一格。惟山水人物，必不可用。花板与花棂俱另制，制就花棂，而后以板镶之。即花与棂，亦难合造，须使花自花而棂自棂，先分后合。其连接处，各损少许以就之，或以钉钉，或以胶粘，务期可久。

△便面窗花卉式　便面窗虫鸟式

诸式止备其概，余可类推。然此皆为窗外无景，求天然者不得，故以人力补之；若远近风物尽有可观，则焉用此碌碌为哉？昔人云："会心处正不在远。"若能实具一段闲情、一双慧眼，则过目之物尽是画图，入耳之声无非诗料。譬如我坐窗内，人行窗外，无论见少年女子是一幅美人图，即见老妪白叟扶杖而来，亦是名人画幅中必不可无之物；见婴儿群戏是一幅百子图，即见牛羊并牧、鸡犬交哗，亦是词客文情内未尝偶缺之资。"牛溲马勃，尽入药笼。"予所制便面窗，即雅人韵士之药笼也。

此窗若另制纱窗一扇，绘以灯色花鸟，至夜篝灯于内，自外视之，又是一盏扇面灯。即日间自内视之，光彩相照，亦与观灯无异也。

△山水图窗

凡置此窗之屋，进步宜深，使坐客观山之地去窗稍远，则窗之外廓为画，画之内廓为山，山与画连，无分彼此，见者不问而知为天然之画矣。浅促之屋，坐在窗边，势必倚窗为栏，身之大半出于窗外，但见山而不见画，则作者深心有时埋没，非尽善之制也。

△尺幅窗图式

尺幅窗图式，最难摹写。写来非似真画，即似真山，非画上之山与山中之画也。前式虽工，虑观者终难了悟，兹再绘一纸，以作副墨。且此窗虽多开少闭，然亦间有闭时；闭时用他槅他棂，则与画意不合，丑态出矣。必须照式大小，作木槅一扇，以名画一幅裱之，嵌入窗中，又是一幅真画，并非"无心画"与"尺幅窗"矣。但观此式，自能了然。裱槅如裱回屏，托以麻布及厚纸，薄则明而有光，不成画矣。

△梅窗

制此之法，总论已备之矣，其略而不详者，止有取老干作外廓一事。外廓者，窗之四面，即上下两旁是也。若以整木为之，则向内者古朴可爱，而向外一面屈曲不平，以之着墙，势难贴伏。必取整木一段，分中锯开，以有锯路者着墙，天然未斫者向内，则天巧人工，俱有所用之矣。

【注释】

①便面：本指古代用以遮面的扇状物，后泛指扇面。②须弥芥子：偌大的须弥山纳于芥子之中，比喻不可思议之事。

墙壁第三

"峻宇雕墙""家徒壁立"，昔人贫富，皆于墙壁间辨之。故富人润屋，贫士结庐，皆自墙壁始。墙壁者，内外攸分而人我相半者也。俗云："一家筑墙，两家好看。"居室器物之有公道者，惟墙壁一种，其余一切皆为我之学也。

然国之宜固者城池，城池固而国始固；家之宜坚者墙壁，墙壁坚而家始坚。其实为人即是为己，人能以治墙壁之一念治其身心，则无往而不利矣。人笑予止务闲情，不喜谈禅讲学，故偶为是说以解嘲，未审有当于理学名贤及善知识否也。

界墙

界墙者，人我公私之畛域，家之外廓是也。莫妙于乱石垒成，不限大小方圆之定格，垒之者人工，而石则造物生成之本质也。其次则为石子。石子亦系生成，而次于乱石者，以其有圆无方，似执一见，虽属天工，而近于人力故耳。然论二物之坚固，亦复有差；若云美观入画，则彼此兼擅其长矣。此惟傍山邻水之处得以有之，陆地平原，知其美而不能致也。

予见一老僧建寺，就石工斧凿之余，收取零星碎石几及千担，垒成一壁，高广皆过十仞，嶙峋崭绝，光怪陆离，大有峭壁悬崖之致。此僧诚韵人也。迄今三十余年，此壁犹时时入梦，其系人思念可知。

砖砌之墙，乃八方公器，其理其法，是人皆知，可以置而弗道。至于泥墙土壁，贫富皆宜，极有萧疏雅淡之致，惟怪其跟脚过肥，收顶太窄，有似尖山，又且或进或出，不能如砖墙一截而齐，此皆主人监督之不善也。若以砌砖墙挂线之法，先定高低出入之痕，以他物建标于外，然后以筑板因之，则有旃墙粉堵之风，而无败壁颓垣之象矣。

女墙

《古今注》云："女墙者，城上小墙。一名睥睨，言于城上窥人也。"予以私意释之，此名甚美，似不必定指城垣，凡户以内之及肩小墙，皆可以此名之。盖女者，妇人未嫁之称，不过言其纤小，若定指城上小墙，则登城御敌，岂妇人女子之事哉？至于墙上嵌花或露孔，使内外得以相视，如近时园圃所筑者，益可名为女墙，盖仿睥睨之制而成者也。其法穷奇极巧，如《园冶》所载诸式，殆无遗义矣。但须择其至稳极固者为之，不则一砖偶动，则全壁皆倾，往来负荷者，保无一时误触之患乎？坏墙不足惜，伤人实可虑也。

予谓自顶及脚皆砌花纹，不惟极险，亦且大费人工。其所以洞彻内外者，不过使代琉璃屏，欲人窥见室家之好耳。止于人眼所瞩之处，空二三尺，使作奇巧花纹，其高乎此及卑乎此者，仍照常实砌，则为费不多，而又永无误触致崩之患。此丰俭得宜，有利无害之法也。

厅壁

厅壁不宜太素，亦忌太华。名人尺幅自不可少，但须浓淡得宜，错综有致。予谓裱轴不如实贴。轴虑风起动摇，损伤名迹，实贴则无是患，且觉大小咸宜也。实贴又不如实画，“何年顾虎头[①]，满壁画沧州”。自是高人韵事。予斋头偶仿此制，而又变幻其形，良朋至止，无不耳目一新，低回留之不能去者。

因予性嗜禽鸟，而又最恶樊笼，二事难全，终年搜索枯肠，一悟遂成良法。乃于厅旁四壁，倩四名手，尽写着色花树，而绕以云烟，即以所爱禽鸟，蓄于虬枝老干之上。画止空迹，鸟有实形，如何可蓄？曰：不难，蓄之须自鹦鹉始。

从来蓄鹦鹉者必用铜架，即以铜架去其三面，止存立脚之一条，并饮水啄粟之二管。先于所画松枝之上，穴一小小壁孔，后以架鹦鹉者插入其中，务使极固，庶往来跳跃，不致动摇。松为着色之松，鸟亦有色之鸟，互相映发，有如一笔写成。良朋至止，仰观壁画，忽见枝头鸟动，叶底翎张，无不色变神飞，诧为仙笔；乃惊疑未定，又复载飞载鸣，似欲翱翔而下矣。谛观熟视，方知个里情形，有不抵掌叫绝，而称巧夺天工者乎？

若四壁尽蓄鹦鹉，又忌雷同，势必间以他鸟。鸟之善鸣者，推画眉第一。然鹦鹉之笼可去，画眉之笼不可去也，将奈之何？予又有一法：取树枝之拳曲似龙者，截取一段，密者听其自如，疏者网以铁线，不使太疏，亦不使太密，总以不致飞脱为主。蓄画眉于中，插之亦如前法。此声方歇，彼喙复开；翠羽初收，丹睛复转。因禽鸟之善鸣善啄，觉花树之亦动亦摇；流水不鸣而似鸣，高山是寂而非寂。座客别去者，皆作殷浩书空[②]，谓咄咄怪事，无有过此者矣。

【注释】

①顾虎头：顾恺之，字长康，小字虎头。晋代晋陵无锡人，画家。②殷浩书空：《世说新语》中说晋代殷诰被桓温废免，终日用手在空中写“咄咄怪事”四字。此用以形容出乎意外、惊讶不已的事。

书房壁

书房之壁，最宜潇洒。欲其潇洒，切忌油漆。油漆二物，俗物也，前人不得已而用之，非好为是沾沾者。门户窗棂之必须油漆，蔽风雨也；厅柱榱楹之必须油漆，防点污也。若夫书室之内，人迹罕至，阴雨弗浸，无此二患而亦蹈此辙，是无刻不在桐腥漆气之中，何不并漆其身而为厉乎？石灰垩壁，磨使极光，上着也；其次则用纸糊。纸糊可使屋柱窗楹共为一色，即壁用灰垩，柱上亦须纸糊，纸色与灰，相去不远耳。

壁间书画自不可少，然粘贴太繁，不留余地，亦是文人俗志。天下万物，以少为贵。步幛非不佳，所贵在偶尔一见，若王恺之四十里，石崇之五十里，则是一日中哄市，锦绣罗列之肆廛而已矣。看到繁缛处，有不生厌倦者哉？昔僧玄览住荆州陟屺寺，张璪画古松于斋壁，符载赞之，卫象诗之，亦一时三绝，览悉加垩焉。人问其故，览曰：“无事疥吾壁也。”诚高僧之言，然未免太甚。若近时斋壁，长笺短幅尽贴无遗，似冲繁道上之旅肆，往来过客无不留题，所少者只有一笔。一笔维何？“某年月日某人同某在此一乐”是也。此真疥壁，吾请以玄览之药药之。

糊壁用纸，到处皆然，不过满房一色白而已矣。予怪其物而不化，窃欲新之。新之不已，又以薄蹄变为陶冶，幽斋化为窑器，虽居室内，如在壶中，又一新人观听之事也。先以酱色纸一层，糊壁作底，后用豆绿云母笺，随手裂作零星小块，或方或扁，或短或长，或三角或四五角，但勿使圆，随手贴于酱色纸上，每缝一条，必露出酱色纸一线，务令大小错杂，斜正参差，则贴成之后，满房皆冰裂碎纹，有如哥窑美器。其块之大者，亦可题诗作画，置于零星小块之间，有如铭钟勒卣，盘上作铭，无一不成韵事。问予所费几何，不过于寻常纸价之外，多一二剪合之工而已。同一费钱，而有庸腐新奇之别，止在稍用其心。“心之官则思”，如其不思，则焉用此心为哉？

糊纸之壁，切忌用板。板干则裂，板裂而纸碎矣。用木条纵横作槅，如围屏之骨子然。前人制物备用，皆经屡试而后得之，屏不用板而用木槅，即是故也。即如糊刷用棕，不用他物，其法亦经屡试，舍此而另换一物，则纸与糊两不相能，非厚薄之不均，即刚柔之太过，是天生此物以备此用，非人不能取而予之。人知巧莫巧于古人，孰知古人于此亦大费辛勤，皆学而知之，非生而知之者也。

壁间留隙地，可以代橱。此仿伏生藏书于壁之义①，大有古风，但所用有不合于古者。此地可置他物，独不可藏书，以砖土性湿，容易发潮，潮则生蠹，且防朽烂故也。然则古人藏书于壁，殆虚语乎？曰：不然。东南西北，地气不同，此法止宜于西北，不宜于东南。西北地高而风烈，有穴地数丈而始得泉者，湿从水出，水既不得，湿从何来？即使有极潮之地，而加以极烈之风，未有不返湿为燥者。故壁间藏书，惟燕赵秦晋则可，此外皆应避之。即藏他物，亦宜时开时阖，使受风吹；久闭不开，亦有霾湿生虫之患。莫妙于空洞其中，止设托板，不立门扇，仿佛书架之形，有其用而不侵吾地，且有磐石之固，莫能摇动。此妙制善算，居家必不可无者。

予又有壁内藏灯之法，可以养目，可以省膏，可以一物而备两室之用，取以公世，亦贫士利人之一端也。我辈长夜读书，灯光射目，最耗元神。有用瓦灯贮火，留一隙之光，仅照书本，余皆闭藏于内而不用者。予怪以有用之光置无用之地，犹之暴殄天物，因效匡衡凿壁②之义，于墙上穴一小孔，置灯彼屋而光射此房，彼行彼事，我读我书，是一灯也，而备全家之用，又使目力不竭于焚膏，较之瓦灯，其利奚止十倍？以赠贫士，可当分财。使予得拥厚资，其不吝亦如是也。

【注释】

①伏生：名胜，字子贱，秦朝博士。秦始皇焚书时，他把《尚书》藏在墙壁中保存下来，后来在汉文帝时教授晁错。②匡衡凿壁：《西京杂记》记载，匡衡幼时家贫，为人佣作，“勤学而无烛，邻舍有烛而不逮，衡乃穿壁引其光，以书烛光而读之”。这就是“凿壁借光”的故事，后代指人们刻苦学习。

联匾第四

堂联斋匾，非有成规。不过前人赠人以言，多则书于卷轴，少则挥诸扇头；若止一二字、三四字，以及偶语一联，因其太少也，便面难书，方策不满，不得已而大书于木。彼受之者，因其坚巨难藏，不便纳之笥中，欲举以示人，又不便出诸怀袖，亦不得已而悬之中堂，使人共见。此当日作始者偶然为之，非有成格定制，画一而不可移也。讵料一人为之，千人万人效之，自昔徂今，莫知稍变。夫礼乐制自圣人，后世莫敢窜易，而殷因夏礼，周因殷礼，尚有损益于其间，矧器玩竹木之微乎？予亦不必大肆更张，但效前人之损益可耳。锢习繁多，不能尽革，姑取斋头已设者，略陈数则，以例其余。非欲举世则而效之，但望同调者各出新裁，其聪明什佰于我。投砖引玉，正不知导出几许神奇耳。

有诘予者曰：观子联匾之制，佳则佳矣，其如挂一漏万何？由子所为者而类推之，则《博古图》中，如樽罍[①]、琴瑟、几杖、盘盂之属，无一不可肖像而为之，胡仅以寥寥数则为也？予曰：不然。凡予所为者，不徒取异标新，要皆有所取义。凡人操觚握管，必先择地而后书之，如古人种蕉代纸[②]，刻竹留题，册上挥毫，卷头染翰，剪桐作诏[③]，选石题诗，是之数者，皆书家固有之物，不过取而予之，非有蛇足于其间也。若不计可否而混用之，则将来牛鬼蛇神无一不备，予其作俑之人乎？图中所载诸名笔，系绘图者勉强肖之，非出其人之手。缩巨为细，自失原神，观者但会其意可也。

【注释】

①罍（léi）：商晚期至春秋中期使得大型盛酒器和礼器，有方形和圆形两种。②种蕉代纸：唐代书法家怀素和尚种植了芭蕉万余株，以蕉叶代纸练习书法，为千古佳话。③剪桐作诏：即“剪桐封弟”的故事，周成王和弟弟叔虞作游戏，周成王把一片桐树叶削成珪状送给叔虞，说：“我用这个封你。”臣子史佚认为“天子无戏言”。于是周成王把唐封给了叔虞，成为晋的始祖。

蕉叶联

蕉叶题诗，韵事也；状蕉叶为联，其事更韵。但可置于平坦贴服之处，壁间门上，皆可用之以之悬柱则不宜，阔大难掩故也。其法先画蕉叶一张于纸上，授木工以板为之，一样二扇，一正一反，即不雷同。后付漆工，令其满灰密布，以防碎裂。漆成后，始书联句，并画筋纹。蕉色宜绿，筋色宜黑，字则宜填石黄，始觉陆离可爱，他色皆不称也。用石黄乳金更妙，全用金字则太俗矣。此匾悬之粉壁，其色更显，可称“雪里芭蕉”。

此君联

“宁可食无肉，不可居无竹。”竹可须臾离乎？竹之可为器也，自楼阁几榻之大，以至笥奁杯箸之微，无一不经采取，独至为联为匾诸韵事弃而弗录，岂此君[1]之幸乎？用之请自予始。截竹一筒，剖而为二，外去其青，内铲其节，磨之极光，务使如镜，然后书以联句，令名手镌之，掺以石青或石绿，即墨字亦可。以云乎雅，则未有雅于此者；以云乎俭，亦未有俭于此者。不宁惟是，从来柱上加联，非板不可，柱圆板方，柱窄板阔，彼此抵牾，势难贴服，何如以圆合圆，纤毫不谬，有天机凑泊之妙乎？此联不用铜钩挂柱，用则多此一物，是为赘瘤。止用铜钉上下二枚，穿眼实钉，勿使动移。其穿眼处，反择有字处穿之，钉钉后，仍用掺字之色补于钉上，混然一色，不见钉形尤妙。钉蕉叶联亦然。

【注释】

①此君：即竹。《世说新语》中说王徽之曾指着竹子说：“何可一日无此君！”以后便以此君称呼竹。

碑文额

三字额，平书者多，间有直书者，匀作两行。匾用方式，亦偶见之。然皆白地黑字，或青绿字。兹效石刻为之，嵌于粉壁之上，谓之匾额可，谓之碑文亦可。名虽石，不果用石，用石费多而色不显，不若以木为之。其色亦不仿墨刻之色，墨刻色暗，而远视不甚分明。地用黑漆，字填白粉，若是则值既廉，又使观者耀目。此额惟墙上开门者宜用之，又须风雨不到之处。客之至者，未启双扉，先立漆书壁经之下，不待搴帷入室，已知为文士之庐矣。

手卷额

额身用板，地用白粉，字用石青石绿，或用炭灰代墨，无一不可。与寻常匾式无异，止增圆木二条，缀于额之两旁，若轴心然。左画锦纹，以像装潢之色；右则不宜太工，但像托画之纸色而已。天然图卷，绝无穿凿之痕，制度之善，庸有过于此者乎？眼前景，手头物，千古无人计及，殊可怪也。

册页匾

用方板四块，尺寸相同，其后以木绾之。断而使续，势取乎曲，然勿太曲。边画锦纹，亦像装潢之色。止用笔画，勿用刀镌，镌者粗略，反不似笔墨精工；且和油入漆，着色为难，不若画色之可深可浅，随取随得也。字则必用剞劂。各有所宜，混施不可。

虚白匾

“虚室生白”，古语也。且无事不妙于虚，实则板矣。用薄板之坚者，贴字于上，镂而空之，若制糖食果馅之木印。务使二面相通，纤毫无障。其无字处，坚以灰布，漆以退光。俟既成后，贴洁白绵纸一层于字后。木则黑而无泽，字则白而有光，既取玲珑，又类墨刻，有匾之名，去其迹矣。但此匾不宜混用，择房舍之内暗外明者置之。若屋后有光，则先穴通其屋，以之向外，不则置于入门之处，使正面向内。从来屋高门矮，必增横板一块于门之上。以此代板，谁曰不佳？

石光匾

即“虚白”一种，同实而异名。用于磊石成山之地，择山石偶断外，以此续之。亦用薄板一块，镂字既成，用漆涂染，与山同色，勿使稍异。其字旁凡有隙地，即以小石补之，粘以生漆，勿使见板。至板之四围，亦用石补，与山石合成一片，无使有襞襀之痕，竟似石上留题，为后人凿穿以存其迹者。字后若无障碍，则使通天，不则亦贴绵纸，取光明而塞障碍。

秋叶匾

御沟题红，千古佳事；取以制匾，亦觉有情。但制红叶与制绿蕉有异：蕉叶可大，红叶宜小；匾取其横，联妙在是。是亦不可不知也。

山石第五

幽斋磊石，原非得已。不能致身岩下，与木石居，故以一卷代山，一勺代水，所谓无聊之极思也。然能变城市为山林，招飞来峰使居平地，自是神仙妙术，假手于人以示奇者也，不得以小技目之。且磊石成山，另是一种学问，别是一番智巧。尽有丘壑填胸、烟云绕笔之韵士，命之画水题山，顷刻千岩万壑，乃倩磊斋头片石，其技立穷，似向盲人问道者。

故从来叠山名手，俱非能诗善绘之人。见其随举一石，颠倒置之，无不苍古成文，纡回入画，此正造物之巧于示奇也。譬之扶乩召仙，所题之诗与所判之字，随手便成法帖，落笔尽是佳词，询之召仙术士，尚有不明其义者。若出自工书善咏之手，焉知不自人心捏造？妙在不善咏者使咏，不工书者命书，然后知运动机关，全由神力。其叠山磊石，不用文人韵士，而偏令此辈擅长者，其理亦若是也。

然造物鬼神之技，亦有工拙雅俗之分，以主人之去取为去取。主人雅而喜工，则工且雅者至矣；主人俗而容拙，则拙而俗者来矣。有费累万金钱，而使山不成山、石不成石者，亦是造物鬼神作祟，为之摹神写像，以肖其为人也。一花一石，位置得宜，主人神情已见乎此矣，奚俟察言观貌，而后识别其人哉？

大山

山之小者易工，大者难好。予遨游一生，遍览名园，从未见有盈亩累丈之山，能无补缀穿凿之痕，遥望与真山无异者。犹之文章一道，结构全体难，敷陈零段易。唐宋八大家之文，全以气魄胜人，不必句栉字篦，一望而知为名作。以其先有成局，而后修饰词华，故粗览细观同一致也。若夫间架未立，才自笔生，由前幅而生中幅，由中幅而生后幅，是谓以文作文，亦是水到渠成之妙境；然但可近视，不耐远观，远观则襞襀缝纫之痕出矣。

书画之理亦然。名流墨迹，悬在中堂，隔寻丈而观之，不知何者为山，何者为水，何处是亭台树木，即字之笔画杳不能辨，而只览全幅规模，便足令人称许。何也？气魄胜人，而全体章法之不谬也。

至于累石成山之法，大半皆无成局，犹之以文作文，逐段滋生者耳。名手亦然，矧庸匠乎？然则欲累巨石者，将如何而可？必俟唐宋诸大家复出，以八斗才人，变为五丁力士，而后可使运斤乎？抑分一座大山为数十座小山，穷年俯视，以藏其拙乎？曰：不难。用以土代石之法，既减人工，又省物力，且有天然委曲之妙。混假山于真山之中，使人不能辨者，其法莫妙于此。

累高广之山，全用碎石，则如百衲僧衣，求一无缝处而不得，此其所以不耐观也。以土间之，则可泯然无迹，且便于种树。树根盘固，与石比坚，且树大叶繁，混然一色，不辨其为谁石谁土。立于真山左右，有能辨为积累而成者乎？此法不论石多石少，亦不必定求土石相半，土多则是土山带石，石多则是石山带土。土石二物原不相离，石山离土，则草木不生，是童山①矣。

【注释】

①童山：不毛之山。

小山

小山亦不可无土，但以石作主，而土附之。土之不可胜石者，以石可壁立，而土则易崩，必仗石为藩篱故也。外石内土，此从来不易之法。

言山石之美者，俱在透、漏、瘦三字。此通于彼，彼通于此，若有道路可行，所谓透也；石上有眼，四面玲珑，所谓漏也；壁立当空，孤峙无倚，所谓瘦也。然透、瘦二字在在宜然，漏则不应太甚。若处处有眼，则似窑内烧成之瓦器，有尺寸限在其中，一隙不容偶闭者矣。塞极而通，偶然一见，始与石性相符。

瘦小之山，全要顶宽麓窄，根脚一大，虽有美状，不足观矣。

石眼忌圆，即有生成之圆者，亦粘碎石于旁，使有棱角，以避混全之体。

石纹石色取其相同，如粗纹与粗纹当并一处，细纹与细纹宜在一方，紫碧青红，各以类聚是也。然分别太甚，至其相悬接壤处，反觉异同，不若随取随得，变化从心之为便。至于石性，则不可不依；拂其性而用之，非止不耐观，且难持久。石性维何？斜正纵横之理路是也。

石壁

假山之好，人有同心；独不知为峭壁，是可谓叶公之好龙矣。山之为地，非宽不可；壁则挺然直上，有如劲竹孤桐，斋头但有隙地，皆可为之。且山形曲折，取势为难，手笔稍庸，便贻大方之诮。壁则无他奇巧，其势有若累墙，但稍稍纡回出入之，其体嶙峋，仰观如削，便与穷崖绝壑无异。且山之与壁，其势相因，又可并行而不悖者。

凡累石之家，正面为山，背面皆可作壁。匪特前斜后直，物理皆然，如椅榻舟车之类；即山之本性，亦复如是，逶迤其前者，未有不崭绝其后，故峭壁之设，诚不可已。但壁后忌作平原，令人一览而尽。须有一物焉蔽之，使座客仰观不能穷其颠末，斯有万丈悬岩之势，而绝壁之名为不虚矣。蔽之者维何？曰：非亭即屋。或面壁而居，或负墙而立，但使目与檐齐，不见石丈人[①]之脱巾露顶，则尽致矣。

石壁不定在山后，或左或右，无一不可，但取其地势相宜。或原有亭屋，而以此壁代照墙，亦甚便也。

【注释】

①石丈人：宋朝米芾好石，曾任无为州知军，衙门内有立石，米芾向之礼拜，呼为石丈。

石洞

假山无论大小，其中皆可作洞。洞亦不必求宽，宽则藉以坐人。如其太小，不能容膝，则以他屋联之，屋中亦置小石数块，与此洞若断若连，是使屋与洞混而为一，虽居屋中，与坐洞中无异矣。洞中宜空少许，贮水其中而故作漏隙，使涓滴之声从上而下，旦夕皆然。置身其中者，有不六月寒生，而谓真居幽谷者，吾不信也。

零星小石

贫士之家，有好石之心而无其力者，不必定作假山。一卷特立，安置有情，时时坐卧其旁，即可慰泉石膏肓之癖。若谓如拳之石亦须钱买，则此物亦能效用于人，岂徒为观瞻而设？使其平而可坐，则与椅榻同功；使其斜而可倚，则与栏杆并力；使其肩背稍平，可置香炉茗具，则又可代几案。花前月下，有此待人，又不妨于露处，则省他物运动之劳，使得久而不坏，名虽石也，而实则器矣。且捣衣之砧，同一石也，需之不惜其费；石虽无用，独不可作捣衣之砧乎？

王子猷劝人种竹，予复劝人立石；有此君不可无此丈。同一不急之务，而好为是谆谆者，以人之一生，他病可有，俗不可有；得此二物，便可当医，与施药饵济人，同一婆心之自发也。

器玩部

制度第一

人无贵贱，家无贫富，饮食器皿，皆所必需。“一人之身，百工之所为备。”子舆氏尝言之矣。至于玩好之物，惟富贵者需之，贫贱之家，其制可以不问。然而粗用之物，制度果精，入于王侯之家，亦可同乎玩好；宝玉之器，磨砻不善，传于子孙之手，货之不值一钱。知精粗一理，即知富贵贫贱同一致也。

予生也贱，又罹奇穷，珍物宝玩虽云未尝入手，然经寓目者颇多。每登荣朊之堂，见其辉煌错落者星布棋列，此心未尝不动，亦未尝随见随动，因其材美，而取材以制用者未尽善也。至入寒俭之家，睹彼以柴为扉，以瓮作牖，大有黄虞三代之风，而又怪其纯用自然，不加区画。如瓮可为牖也，取瓮之碎裂者联之，使大小相错，则同一瓮也，而有哥窑冰裂之纹矣。柴可为扉也，取柴之入画者为之，使疏密中窾，则同一扉也，而有农户儒门之别矣。人谓变俗为雅，犹之点铁成金，惟具山林经济者能此，乌可责之一切？予曰：垒雪成狮，伐竹为马，三尺童子皆优为之，岂童子亦抱经济乎？有耳目即有聪明，有心思即有智巧，但苦自画为愚，未尝竭思穷虑以试之耳。

几案

予初观《燕几图》，服其人之聪明什佰于我，因自置无力，遍求置此者，讯其果能适用与否，卒之未得其人。夫我竭此大段心思，不可不谓经营惨淡，而人莫之则效者，其故何居？以其太涉繁琐，而且无此极大之屋，尽列其间，以观全势故也。凡人制物，务使人人可备，家家可用，始为布帛菽粟之才，不则售冕旒而沽玉食，难乎其为购者矣。故予所言，务舍高远而求卑近。几案之设，予以庀材无资，尚未经营及此。但思欲置几案，其中有三小物必不可少。

一曰抽替。此世所原有者也，然多忽略其事，而有设有不设。不知此一物也，有之斯逸，无此则劳，且可藉为容懒藏拙之地。文人所需，如简牍刀锥、丹铅胶糊之属，无一可少，虽曰司之有人，藏之别有其处，究意不能随取随得，役之如左右手也。予性卞急[①]，往往呼童不至，即自任其劳。书室之地，无论远近迂捷，总以举足为烦，若抽替一设，则凡卒急所需之物尽纳其中，非特取之如寄，且若有神物俟乎其中，以听主人之命者。至于废稿残牍，有如落叶飞尘，随扫随有，除之不尽，颇为明窗净几之累，亦可暂时藏纳，以俟祝融，所谓容懒藏拙之地是也。知此则不独书案为然，即抚琴观画、供佛延宾之座，俱应有此。一事有一事之需，一物备一物之用。《诗》云："童子佩觿[②]。"《鲁论》云："去丧无所不佩。"人身且然，况为器乎？

一曰隔板，此予所独置也。冬月围炉，不能不设几席。火气上炎，每致桌面台心为之碎裂，不可不预为计也。当于未寒之先，另设活板一块，可用可去，衬于桌面之下，或以绳悬，或以钩挂，或于造桌之时，先作机彀以待之，使之待受火气，焦则另换，为费不多。此珍惜器具之婆心，虑其暴殄天物，以惜福也。

一曰桌撒。此物不用钱买，但于匠作挥斤之际，主人费启口之劳，僮仆用举手之力，即可取之无穷，用之不竭。从来几案与地不能两平，挪移之时必相高低长短，而为桌撒，非特寻砖觅瓦时费辛勤，而且相称为难，非损高以就低，即截长而补短，此虽极微极琐之事，然亦同于临渴凿井，天下古今之通病也，请为世人药之。

凡人兴造之际，竹头木屑，何地无之？但取其长不逾寸，宽不过指，而一头极薄，一头稍厚者，拾而存之，多多益善，以备挪台撒脚之用。如台脚所虚者少，则止入薄者，而留其有余者于脚处，不则尽数入之。是止一寸之木，而备高低长短数则之用，又未尝费我一钱，岂非极便于人之事乎？但须加以油漆，勿露竹头木屑之本形。何也？一则使之与桌同色，虽有若无；一则恐童子扫地之时，不能记忆，仍谬认为竹头木屑而去之，势必朝朝更换，将亦不胜其烦；加以油漆，则知为有用之器而存之矣。

只此极细一着，而有两意存焉，况大者乎？劳一人以逸天下，予非无功于世者也。

【注释】

①卞急：急躁。②觿（xī）：古代一种解结的锥子。用骨、玉等制成。也用作佩饰。

椅杌

器之坐者有三：曰椅，曰杌，曰凳。三者之制，以时论之，今胜于古，以地论之，北不如南；维扬之木器，姑苏之竹器，可谓甲于古今，冠乎天下矣，予何能赘一词哉！但有二法未备，予特创而补之，一曰暖椅，一曰凉杌。

予冬月著书，身则畏寒，砚则苦冻，欲多设盆炭，使满室俱温，非止所费不资，且几案易于生尘，不终日而成灰烬世界。若止设大小二炉以温手足，则厚于四肢而薄于诸体，是一身而自分冬夏，并耳目心思，亦可自号孤臣孽子①矣。计万全而筹尽适，此暖椅之制所由来也。制法列图于后。一物而充数物之用，所利于人者，不止御寒而已也。

盛暑之月，流胶铄金，以手按之，无物不同汤火，况木能生此者乎？凉杌亦同他杌，但杌面必空其中，有如方匣，四围及底，俱以油灰嵌之，上覆方瓦一片。此瓦须向窑内定烧，江西福建为最，宜兴次之，各就地之远近，约同志数人，敛出其资，倩人携带，为费亦无多也。先汲凉水贮杌内，以瓦盖之，务使下面着水，其冷如冰，热复换水，水止数瓢，为力亦无多也。其不为椅而为杌者，夏月少近一物，少受一物之暑气，四面无障，取其透风；为椅则上段之料势必用木，两胁及背又有物以障之，是止顾一臀而周身皆不问矣。此制易晓，图说皆可不备。

△暖椅式

如太师椅而稍宽，彼止取容臀，而此则周身全纳故也。如睡翁椅而稍直，彼止利于睡，而此则坐卧咸宜，坐多而卧少也。前后置门，两旁实镶以板，臀下足下俱用栅。用栅者，透火气也；用板者，使暖气纤毫不泄也；前后置门者，前进人而后进火也。然欲省事，则后门可以不设，进人之处亦可以进火。此椅之妙，全在安抽替于脚栅之下。只此一物，御尽奇寒，使五官四肢均受其利而弗觉。另置扶手匣一具，其前后尺寸，倍于轿内所用者。入门坐定，置此匣于前，以代几案。倍于轿内所用者，欲置笔砚及书本故也。抽替以板为之，底嵌薄砖，四围镶铜。所贮之灰，务求极细，如炉内烧香所用者。置炭其中，上以灰覆，则火气不烈而满座皆温，是隆冬时别一世界。况又为费极廉，自朝抵暮，止用小炭四块，晓用二块至午，午换二块至晚。此四炭者，秤之不满四两，而一日之内，可享室暖无冬之福，此其利于身者也。

若至利于身而无益于事，仍是宴安之具，此则不然。扶手用板，镂去掌大一片，以极薄端砚补之，胶以生漆，不问而知火气上蒸，砚石常暖，永无呵冻之劳，此又利于事者也。不宁惟是，炭上加灰，灰上置香，坐斯椅也，扑鼻而来者，只觉芬芳竟日，是椅也，而又可以代炉。炉之为香也散，此之为香也聚，由是观之，不止代炉，而且差胜于炉矣。有人斯有体，有体斯有衣，焚此香也，自下而升者能使氤氲透骨，是椅也而又可代薰笼。薰笼之受衣也，止能数件；此物之受衣也，遂及通身。迹是论之，非止代一薰笼，且代数薰笼矣。倦而思眠，倚枕可以暂息，是一有座之床。饥而就食，凭几可以加餐，是一无足之案。游山访友，何烦另觅肩舆，只须加以柱杠，覆以衣顶，则冲寒冒雪，体有余温，子猷之舟可弃也，浩然之驴可废也，又是一可坐可眠之轿。日将暮矣，尽纳枕簟于其中，不须臾而被窝尽热；晓欲起也，先置衣履于其内，未转睫而襦裤皆温。是身也，事也，床也，案也，轿也，炉也，薰笼也，定省晨昏之孝子也，送暖偎寒之贤妇也，总以一物焉代之。苍颉造字而天雨粟，鬼夜哭，以造化灵秘之气泄尽而无遗也。此制一出，得无重犯斯忌，而重杞人之忧乎？

【注释】

①孤臣孽子：语出《孟子·尽心上》："独孤臣孽子，其操心也危，其虑患也深，故达。"朱熹集注："孤臣，远臣；孽子，庶子。"多指孤立的人。

床帐

人生百年，所历之时，日居其半，夜居其半。日间所处之地，或堂或庑，或舟或车，总无一定之在，而夜间所处，则止有一床。是床也者，乃我半生相共之物，较之结发糟糠，犹分先后者也。人之待物，其最厚者，当莫过此。然怪当世之人，其于求田问舍，则性命以之，而寝处晏息之地，莫不务从苟简，以其只有己见，而无人见故也。若是，则妻妾婢媵是人中之榻也，亦因己见而人不见，悉听其为无盐嫫姆①，蓬头垢面而莫之讯乎？予则不然。每迁一地，必先营卧榻而后及其他，以妻妾为人中之榻，而床笫乃榻中之人也。欲新其制，苦乏匠资；但于修饰床帐之具，经营寝处之方，则未尝不竭尽绵力，犹之贫士得妻，不能变村妆为国色，但令勤加盥栉，多施膏沐而已。其法维何？一曰床令生花，二曰帐使有骨，三曰帐宜加锁，四曰床要着裙。

曷云“床令生花”？夫瓶花盆卉，文人案头所时有也，日则相亲，夜则相背，虽有天香扑鼻，国色昵人，一至昏黄就寝之时，即欲不为纨扇之捐，不可得矣。殊不知白昼闻香，不若黄昏嗅味。白昼闻香，其香仅在口鼻；黄昏嗅味，其味直入梦魂。法于床帐之内先设托板，以为坐花之具；而托板又勿露板形，妙在鼻受花香，俨若身眠树下，不知其为妆造也者。先为小柱二根，暗钉床后，而以帐悬其外。托板不可太大，长止尺许，宽可数寸，其下又用小木数段，制为三角架子，用极细之钉，隔帐钉于柱上，而后以板架之，务使极固。架定之后，用彩色纱罗制成一物，或像怪石一卷，或作彩云数朵，护于板外以掩其形。中间高出数寸，三面使与帐平，而以线缝其上，竟似帐上绣出之物，似吴门堆花之式是也。若欲全体相称，则或画或绣，满帐俱作梅花，而以托板为虬枝老干，或作悬崖突出之石，无一不可。帐中有此，凡得名花异卉可作清供者，日则与之同堂，夜则携之共寝。即使群芳偶缺，万卉将穷，又有炉内龙涎、盘中佛手与木瓜、香楠等物可以相继。若是，则身非身也，蝶也，飞眠宿食尽在花间；人非人也，仙也，行起坐卧无非乐境。予尝于梦酣睡足、将觉未觉之时，忽嗅蜡梅之香，咽喉齿颊尽带幽芬，似从脏腑中出，不觉身轻欲举，谓此身必不复在人间世矣。既醒，语妻孥曰："我辈何人，遽有此乐，得无折尽平生之福乎？"妻孥曰："久贱常贫，未必不由于此。"此实事，非欺人语也。

曷云"帐使有骨"？床居外，帐居内，常也。亦有反此旧制，而使帐出床外者，善则善矣，其如夏月驱蚊，匿于床栏曲折之外，有若负嵎，欲求美观，而以膏血殉之，非长策也，不若仍从旧制。其不从旧制，而使帐出床外者，以床有端正之体，帐无方直之形，百计撑持，终难服贴，总以四角之近柱者软而无骨，不能肖柱以为形，有犄角抵牾之势也，故须别为赋形，而使之有骨。用不粗不细之竹，制为一顶及四柱，俟帐已挂定而后撑之，是床内有床，旧制之便与新制之精，二者兼而有之矣。床顶及柱，令置轿者为之，其价颇廉，仅费中人一饭之资耳。

曷云"帐宜加锁"？设帐之故有二：蔽风、隔蚊是也。蔽风之利十之三，隔蚊之功十之七，然隔蚊以此，闭蚊于中而使之不得出者亦以此。蚊之为物也，体极柔而性极勇，形极微而机极诈。薄暮而驱，彼宁受奔驰之苦，挞伐之危，守死而弗去者十之八九。及其去也，又必择地而攻，乘虚以入。昆虫庶类之善用兵法者，莫过于蚊。其择地也，每弃后而攻前；其乘虚也，必舍垣而窥户。帐前两幅之交接处，皆其据险扼要，伏兵伺我之区也。或于风动帐开之际，或于取器人溺之时，一隙可乘，遂鼓噪而入。法于门户交关之地，上、中、下共设三纽，若妇人之衣扣然。至取溺器时，先以一手绾帐，勿使大开，以一手提之使入，其出亦然。若是，则坚壁固垒，彼虽有奇勇异诈，亦无所施其能矣。至于驱除之法，当使人在帐中，空洞其外，始能出而无阻。世人逐蚊，皆立帐檐之下，使所开之处蔽其大半，是欲其出而闭之门也。犯此弊者十人而九，何其习而不察，亦至此乎？

曷云"床要着裙"？爱精美者，一物不使稍污。常有绮罗作帐，精其始而不能善其终，美其上而不得不污其下者，以贴枕着头之处，在妇人则有膏沐之痕，在男子亦多脑汗之迹，日积月累，无瑕者玷而可爱者憎矣，故着裙之法不可少。此法与增添顶柱之法相为表里。欲令着裙，先必使之生骨，无力不能胜衣也。即于四竹柱之下，各穴一孔，以三横竹内之，去簟尺许，与枕相平，而后以布作裙，穿于其上，则裙污而帐不污，裙可勤涤，而帐难频洗故也。至于枕簟被褥之设，不过取其夏凉冬暖，请以二语概之，曰：求凉之法，浇水不如透风；致暖之方，增绌不如加布。是予贫士所知者。至于羊羔美酒，亦足御寒，广厦重冰，尽堪避暑，理则固然，未尝亲试。“知之为知之，不知为不知”，此圣贤无欺之学，不敢以细事而忽之也。

【注释】

①无盐嫫姆：无盐，姓钟离，名春，因系齐国无盐邑人而得名，是有名的丑女。嫫母，又名丑女，是黄帝的第四妻室，品德贤淑，性情温柔，但面貌丑陋。

橱柜

造橱立柜，无他智巧，总以多容善纳为贵。尝有制体极大而所容甚少，反不若渺小其形而宽大其腹，有事半功倍之势者。制有善不善也。善制无他，止在多设搁板。橱之大者，不过两层、三层，至四层而止矣。若一层止备一层之用，则物之高者大者容此数件，而低者小者亦止容此数件矣。实其下而虚其上，岂非以上段有用之隙，置之无用之地哉？当于每层之两旁，别钉细木二条，以备架板之用。板勿太宽，或及进身之半，或三分之一，用则活置其上，不则撤而去之。如此层所贮之物，其形低小，则上半截皆为余地，即以此板架之，是一层变为二层。总而计之，则一橱变为两橱，两柜合成一柜矣，所裨不亦多乎？或所贮之物，其形高大，则去而容之，未尝为板所困也。此是一法。至于抽替之设，非但必不可少，且自多多益善。而一替之内，又必分为大小数格，以便分门别类，随所有而藏之，譬如生药铺中，有所谓“百眼橱”者。此非取法于物，乃朝廷设官之遗制，所谓五府六部群僚百执事，各有所居之地与所掌之簿书钱谷是也。医者若无此橱，药石之名盈千累百，用一物寻一物，则卢医扁鹊无暇疗病，止能为刻舟求剑之人矣。此橱不但宜于医者，凡大家富室，皆当则而效之，至学士文人，更宜取法。能以一层分作数层，一格画为数格，是省取物之劳，以备作文著书之用。则思之思之，鬼神通之；心无他役，而鬼神得效其灵矣。

箱笼箧笥

随身贮物之器，大者名曰箱笼，小者称为箧笥。制之之料，不出革、木、竹三种；为之关键者，又不出铜、铁二项，前人所制亦云备矣。后之作者，未尝不竭尽心思，务为奇巧，总不出前人之范围；稍出范围即不适用，仅供把玩而已。予于诸物之体，未尝稍更，独怪其枢钮太庸，物而不化，尝为小变其制，亦足改观。法无他长，惟使有之若无，不见枢钮之迹而已。止备二式者，腹稿虽多，未经尝试，不敢以待验之方误人也。

予游东粤，见市廛所列之器，半属花梨、紫檀、制法之佳，可谓穷工极巧，止怪其镶铜裹锡，清浊不伦。无论四面包镶，锋棱埋没，即于加锁置键之地，务设铜枢，虽云制法不同，究竟多此一物。譬如一箱也，磨砻极光，照之如镜，镜中可使着屑乎？一笥也，攻治极精，抚之如玉，玉上可使生瑕乎？有人赠我一器，名“七星箱”，以中分七格，每格一替，有如星列故也。外系插盖，从上而下者。喜其不钉铜枢，尚未生瑕着屑，因筹所以关闭之。遂付工人，命于中心置一暗闩，以铜为之，藏于骨中而不觉，自后而前，抵于箱盖。盖上凿一小孔，勿透于外，止受暗闩少许，使抽之不动而已。乃以寸金小锁，锁于箱后。置之案上，有如浑金粹玉，全体昭然，不为一物所掩。觅关键而不得，似于无锁；窥中藏而不能，始求用钥。此其一也。

后游三山，见所制器皿无非雕漆，工则细巧绝伦，色则陆离可爱，亦病其设关置键之地难免赘瘤，以语工师，令其稍加交易。工师曰：“吾地般、倕颇多，如其可变，不自今日始矣。欲泯其迹，必使无关键而后可。”予曰：“其然，岂其然乎？”因置暖椅告成，欲增一匣置于其上，以代几案，遂使为之。上下四旁，皆听工人自为雕漆，俟其成后，就所雕景物而区画之。前面有替可抽者，所雕系《博古图》，樽罍钟磬之属是也；后面无替而平者，系折枝花卉，兰菊竹石是也。皆备五彩，视之光怪陆离。但抽替太阔，开闭时多不合缝，非左进右出，即右进左出。予顾而筹之，谓必一法可当二用，既泯关键之迹，又免出入之疵，使适用美观均收其利而后可。乃命工人亦制铜闩一条，贯于抽替之正中，而以薄板掩之，此板即作分中之界限。夫一替分为二格，乃物理之常，而乌知有一物焉贯于其中，为前后通身之把握哉？得此一物贯于其中，则抽替之出入皆直如矢，永无左出右入、右出左入之患矣。前面所雕《博古图》，中系三足之鼎，列于两旁者一瓶一炉。予鼓掌大笑曰："'执柯伐柯，其则不远。'即以其人之道，反治其身足矣！"遂付铜工，令依三物之成式，各制其一，钉于本等物色之上，鼎与炉瓶皆铜器也，尚欲肖其形与式而为之，况真者哉？不问而知其酷似矣。鼎之中心穴一小孔，置二小钮于旁，使抽替闭足之时，铜闩自内而出，与钮相平。闩与钮上俱有眼，加以寸金小锁，似鼎上原有之物，虽增而实未尝增也。锁则锁矣，抽开之时，手执何物？不几便于入而穷于出乎？曰：不然。瓶炉之上原当有耳，加以铜圈二枚，执此为柄，抽之不烦余力矣。此区画正面之法也。铜闩既从内出，必在后面生根，未有不透出本匣之背者，是铜皮一块与联络补缀之痕，俱不能泯矣。乌知又有一法，为天授而非人力者哉！所雕诸卉，菊在其中，菊色多黄，与铜相若，即以铜皮数层，剪千叶菊花一朵，以暗闩之透出者穿入其中，胶之甚固，若是则根深蒂固，谁得而动摇之？予于此一物也，纯用天工，未施人巧，若有鬼物伺乎其中，乞灵于我，为开生面者。

制之既成，工师告予曰："八闽之为雕漆，数百年于兹矣，四方之来购此者，亦百千万亿其人矣，从未见创法立规有如今日之奇巧者，请行此法，以广其传。"予曰："姑迟之，俟新书告成，流布未晚。"窃恐世人先睹其物而后见其书，不知创自何人，反谓剿袭成功以为己有，讵非不白之冤哉？工师为谁？魏姓，字兰如；王姓，字孟明。闽省雕漆之佳，当推二人第一。自不操斤，但善于指使，轻财尚友，雅人也。

骨董

是编于骨董一项，缺而不备，盖有说焉。崇高古器之风，自汉魏晋唐以来，至今日而极矣。百金贸一卮，数百金购一鼎，犹有病其价廉工俭而不足用者。常有为一渺小之物，而费盈千累万之金钱，或弃整陌连阡之美产，皆不惜也。夫今人之重古物，非重其物，重其年久不坏；见古人所制与古人所用者，如对古人之足乐也。若是，则人与物之相去，又有间矣。设使制用此物之古人至今犹在，肯以盈千累万之金钱与整陌连阡之美产，易之而归，与之坐谈往事乎？吾知其必不为也。予尝谓人曰：物之最古者莫过于书，以其合古人之心思面貌而传者也。其书出自三代，读之如见三代之人；其书本乎黄虞，对之如生黄虞之世；舍此则皆物矣。物不能代古人言，况能揭出心思而现其面貌乎？古物原有可嗜，但宜崇尚于富贵之家，以其金银太多，藏之无具，不得不为长房缩地之法，敛丈为尺，敛尺为寸，如“藏银不如藏金，藏金不如藏珠”之说，愈轻愈小，而愈便收藏故也。

矧金银太多，则慢藏诲盗，贸为古董，非特穿窬不取，即误攫入手，犹将掷而去之。迹是而观，则古董、金银为价之低昂，宜其倍蓰而无算也。乃近世贫贱之家，往往效颦于富贵，见富贵者偶尚绮罗，则耻布帛为贱，必觅绮罗以肖之；见富贵者单崇珠翠，则鄙金玉为常，而假珠翠以代之。事事皆然，习以成性，故因其崇旧而黜新，亦不觉生今而反古。有八口晨炊不继，犹舍旦夕而问商周；一身活计茫然，宁遗妻孥而不卖古董者。人心矫异，讵非世道之忧乎？予辑是编，事事皆崇俭朴，不敢侈谈珍玩，以为末俗扬波。且予窭人也，所置物价，自百文以及千文而止，购新犹患无力，况买旧乎？《诗》云：“惟其有之，是以似之。”生平不识古董，亦借口维风，以藏其拙。

炉瓶

炉瓶之制，其法备于古人，后世无容蛇足。但护持衬贴之具，不妨意为增减。如香炉既设，则锹箸随之，锹以拨灰，箸以举火，二物均不可少。箸之长短，视炉之高卑，欲其相称，此理易明，人尽知之；若锹之方圆，须视炉之曲直，使勿相左，此理亦易明，而为世人所忽。入炭之后，炉灰高下不齐，故用锹作准以平之，锹方则灰方，锹圆则灰圆，若使近边之地炉直而锹曲，或炉曲而锹直，则两不相能，止平其中而不能平其外矣。须用相体裁衣之法，配而用之。然以铜锹压灰，究难齐截，且非一锹二锹可了。此非僮仆之事，皆必主人自为之者。

予性最懒，故每事必筹躲懒之法，尝制一木印印灰，一印可代数十锹之用。初不过为省繁惜劳计耳，讵料制成之后，非止省力，且极美观，同志相传，遂以为一定不移之法。譬如炉体属圆，则仿其尺寸，镟一圆板为印，与炉相若，不爽纤毫，上置一柄，以便手持。但宜稍虚其中，以作内昂外低之势，若食物之馒首然。方者亦如是法。加炭之后，先以箸平其灰，后用此板一压，则居中与四面皆平，非止同于刀削，且能与镜比光，共油争滑，是自有香灰以来，未尝现此娇面者也。既光且滑，可谓极精。予顾而思之，犹曰尽美矣，未尽善也，乃命梓人镂之。凡于着灰一面，或作老梅数茎，或为菊花一朵，或刻五言一绝，或雕八卦全形，只须举手一按，现出无数离奇，使人巧天工，两擅其绝，是自有香炉以来，未尝开此生面者也。湖上笠翁实有裨于风雅，非僭词也。请名此物为“笠翁香印”。方之眉公诸制，物以人名者，孰高孰下，谁实谁虚，海内自有定评，非予所敢饶舌。用此物者，最宜神速，随按随起，勿迟瞬息，稍一逗留，则气闭火息矣。雕成之后，必加油漆，始不沾灰。

焚香必需之物，香锹香箸之外，复有贮香之盒，与插锹箸之瓶之数物者，皆香与炉之股肱手足，不可或无者也。然此外更有一物，势在必需，人或知之而多不设，当为补入清供。夫以箸拨灰，不能免于狼藉，炉肩鼎耳之上，往往蒙尘，必得一物扫除之。此物不须特制，竟用蓬头小笔一枝，但精其管，使与濡墨者有别，与锹箸二物同插一瓶，以便次第取用，名曰“香帚”。

至于炉有底盖，旧制皆然，其所以用此者，亦非无故。盖以覆灰，使风起不致飞扬；底即座也，用以隔手，使移动之时，执此为柄，以防手汗沾炉，使之有迹，皆有为而设者也。然用底时多，用盖时少。何也？香炉闭之一室，刻刻焚香，无时可闭；无风则灰不自扬，即使有风，亦有窗帘所隔，未有闭熄有用之火，而防未必果至之风者也。是炉盖实为赘瘤，尽可不设。而予则又有说焉：炉盖有时而需，但前人制法未善，遂觉有用为无用耳。盖以御风，固也。独不思炉不贮火，则非特盖可不用，并炉亦可不设；如其必欲置火，则盖之火熄，用盖何为？予尝于花晨月夕及暑夜纳凉，或登最高之台，或居极敞之地，往往携炉自随，风起灰扬，御之无策，始觉前人呆笨，制物而不善区画之，遂使贻患及今也。同是一盖，何不于顶上穴一大孔，使之通气，无风置之高阁，一见风起，则取而覆之，风不得入，灰不致扬，而香气自下而升，未尝少阻，其制不亦善乎？止将原有之物，加以举手之劳，即可变无益为有裨。昔人点铁成金，所点者不必是铁，所成者亦未必皆金，但能使不值钱者变而值钱，即是神仙妙术矣。此炉制也。

瓶以磁者为佳，养花之水清而难浊，且无铜腥气也。然铜者有时而贵，以冬月生冰，磁者易裂，偶尔失防，遂成弃物，故当以铜者代之。然磁瓶置胆，即可保无是患。胆用锡，切忌用铜，铜一沾水即发铜青，有铜青而再贮以水，较之未有铜青时，其腥十倍，故宜用锡。且锡柔易制，铜劲难为，价亦稍有低昂，其便不一而足也。磁瓶用胆，人皆知之，胆中着撒，人则未之行也。插花于瓶，必令中窾，其枝梗之有画意者，随手插入，自然合宜，不则挪移布置之力不可少矣。有一种倔强花枝，不肯听人指使，我欲置左，彼偏向右，我欲使仰，彼偏好垂，须用一物制之。所谓撒也，以坚木为之，大小其形，勿拘一格，其中则或扁或方，或为三角，但须圆形其外，以便合瓶。此物多备数十，以俟相机取用。总之不费一钱，与桌撒一同拾取，弃于彼者，复收于此。斯编一出，世间宁复有弃物乎？

屏轴

十年之前，凡作围屏及书画卷轴者，止有巾条、斗方及横批[①]三式。近年幻为合锦，使大小长短以至零星小幅，皆可配合用之，亦可谓善变者矣。然此制一出，天下争趋，所见皆然，转盼又觉陈腐，反不若巾条、斗方诸式，以多时不见为新矣，故体制更宜稍变。变用何法？曰：莫妙于冰裂碎纹，如前云所载糊房之式，最与屏轴相宜，施之墙壁犹觉精材粗用，未免亵视牛刀耳。法于未书未画之先，画冰裂碎纹于全幅纸上，照纹裂开，各自成幅，征诗索画既毕，然后合而成之。须于画成未裂之先，暗书小号于纸背，使知某属第一，某居第二，某横某直，某角与某角相连，其后照号配成，始无攒凑不来之患。其相间之零星细块必不可少，若憎其琐屑而不画，则有宽无窄，不成其为冰裂纹矣。但最小者，勿用书画，止以素描间之，若尽有书画，则纹理模糊不清，反为全幅之累。此为先画纸绢，后征诗画者而言，盖立法之初，不得不为其简且易者。迨裱之既熟，随取现成书画，皆可裂作冰纹，亦犹裱合锦之法，不过变四方平正之角，为曲直纵横之角耳。此裱匠之事，我授意而使彼为之者耳。

更有书画合一之法，则其权在我，授意于作书作画之人，裱匠则行其无事者也。“诗中有画，画中有诗”，此古来成语；作画者取诗意命题，题诗者就画意作诗，此亦从来成格。然究意诗自诗而画自画，未见有混而一之者也。混而一之，请自今始。法于画大幅山水时，每于笔墨可停之际，即留余地以待诗，如峭壁悬崖之下，长松古木之旁，亭阁之中，墙垣之隙，皆可留题作字者也。凡遇名流，即索新句，视其地之宽窄，以为字之大小，或为《鹅帖》行书，或作蝇头小楷。即以题画之诗，饰其所题之画，谓当日之原迹可，谓后来之题咏亦可，是“诗中有画，画中有诗”二语，昔作虚文，今成实事，亦游戏笔墨之小神通也。请质高明，定其可否。

【注释】

①巾条、斗方及横批：中国书画装裱的三种样式。巾条，也称屏条，画身狭长，为四尺或五尺宣纸对开。斗方，指一或二尺见方的书画或诗幅页。横批，其画心竖短横长，左右两头有尺寸相等的木楣一对，即两“耳”。

茶具

茗注莫妙于砂壶，砂壶之精者，又莫过于阳羡，是人而知之矣。然宝之过情，使与金银比值，无乃仲尼不为之已甚乎？置物但取其适用，何必幽渺其说，必至理穷义尽而后止哉！凡制茗壶，其嘴务直，购者亦然，一曲便可忧，再曲则称弃物矣。盖贮茶之物与贮酒不同，酒无渣滓，一斟即出，其嘴之曲直可以不论；茶则有体之物也，星星之叶，入水即成大片，斟泻之时，纤毫入嘴，则塞而不流。啜茗快事，斟之不出，大觉闷人。直则保无是患矣，即有时闭塞，亦可疏通，不似武夷九曲之难力导也。

贮茗之瓶，止宜用锡。无论磁铜等器，性不相能，即以金银作供，宝之适以祟之耳。但以锡作瓶者，取其气味不泄；而制之不善，其无用更甚于磁瓶。询其所以然之故，则有二焉。一则以制成未试，漏孔繁多。凡锡工制酒壶茶注等物，于其既成，必以水试，稍有渗漏，即加补苴，以其为贮茶贮酒而设，漏即无所用之矣；一到收藏干物之器，即忽视之，犹木工造盆造桶则防漏，置斗置斛则不防漏，其情一也。乌知锡瓶有眼，其发潮泄气反倍于磁瓶，故制成之后，必加亲试，大者贮之以水，小者吹之以气，有纤毫漏隙，立督补成。试之又必须二次，一在将成未镟之时，一在已成既镟之后。何也？常有初时不漏，迨镟去锡时，打磨光滑之后，忽然露出细孔，此非屡验谛视者不知。此为浅人道也。一则以封盖不固，气味难藏。凡收藏香美之物，其加严处全在封口，封口不密，与露处同。吾笑世上茶瓶之盖必用双层，此制始于何人？可谓七窍俱蒙者矣。单层之盖，可于盖内塞纸，使刚柔互效其力，一用夹层，则止靠刚者为力，无所用其柔矣。塞满细缝，使之一线无遗，岂刚而不善屈曲者所能为乎？即靠外面糊纸，而受纸之处又在崎岖凹凸之场，势必剪碎纸条，作蓑衣样式，始能贴服。试问以蓑衣覆物，能使内外不通风乎？故锡瓶之盖，止宜厚不宜双。藏茗之家，凡收藏不即开者，于瓶口向上处，先用绵纸二三层，实褙封固，俟其既干，然后覆之以盖，则刚柔并用，永无泄气之时矣。其时开时闭者，则于盖内塞纸一二层，使香气闭而不泄。此贮茗之善策也。若盖用夹层，则向外者宜作两截，用纸束腰，其法稍便。然封外不如封内，究竟以前说为长。

酒具

酒具用金银，犹妆奁之用珠翠，皆不得已而为之，非宴集时所应有也。富贵之家，犀则不妨常设，以其在珍宝之列，而无炫耀之形，犹仕宦之不饰观瞻者。象与犀同类，则有光芒太露之嫌矣。且美酒入犀杯，另是一种香气。唐句云：“玉碗盛来琥珀光。”玉能显色，犀能助香，二物之于酒，皆功臣也。至尚雅素之风，则磁杯当首重已。旧磁可爱，人尽知之，无如价值之昂，日甚一日，尽为大力者所有，吾侪贫士，欲见为难。然即有此物，但可作骨董收藏，难充饮器。何也？酒后擎杯，不能保无坠落，十损其一，则如雁行中断，不复成群。备而不用，与不备同。贫家得以自慰者，幸有此耳。然近日冶人，工巧百出，所制新磁，不出成、宣二窑①下，至于体式之精异，又复过之。其不得与旧窑争值者，多寡之分耳。吾怪近时陶冶，何不自爱其力，使日作一杯，月制一盏，世人需之不得，必待善价而沽，其利与多制滥售等也，何计不出此？曰：不然。我高其技，人贱其能，徒让垄断于捷足之人耳。

【注释】

①成、宣二窑：明朝宣德、成化年间江西景德镇设置的烧制磁器的官窑。

碗碟

碗莫精于建窑，而苦于太厚。江右所制者，虽窃建窑之名，而美观实出其上，可谓青出于蓝者矣。其次则论花纹，然花纹太繁，亦近鄙俗，取其笔法生动，颜色鲜艳而已。碗碟中最忌用者，是有字一种，如写《前赤壁赋》《后赤壁赋》之类。此陶人造孽之事，购而用之者，获罪于天地神明不浅。请述其故。“惜字一千，延寿一纪。”此文昌垂训之词。虽云未必果验，然字画出于圣贤，苍颉造字而鬼夜哭，其关乎气数，为天地神明所宝惜可知也。

用有字之器，不为损福，但用之不久而损坏，势必倾委作践，有不与造孽陶人中分其咎者乎？陶人但司其成，未见其败，似彼罪犹可原耳。字纸委地，遇惜福之人，则收付祝融，因其可焚而焚之也。至于有字之废碗，坚不可焚，一似入火不烬入水不濡之神物。因其坏而不坏，遂至倾而又倾，道旁见者，虽有惜福之念，亦无所施，有时抛入街衢，遭千万人之践踏，有时倾入溷厕，受千百载之欺凌，文字之罹祸，未有甚于此者。吾愿天下之人，尽以惜福为念，凡见有字之碗，即生造孽之虑。买者相戒不取，则卖者计穷；卖者计穷，则陶人视为畏途而弗造矣。文字之祸，其日消乎？此犹救弊之末着。倘有惜福缙绅，当路于江右者，出严檄一纸，遍谕陶人，使不得于碗上作字，无论赤壁等赋不许书磁，即成化、宣德年造，及某斋某居等字，尽皆削去。试问有此数字，果得与成窑、宣窑比值乎？无此数字，较之常值增减半文乎？有此无此，其利相同，多此数笔，徒造千百年无穷之孽耳。制抚藩臬，以及守令诸公，尽是斯文宗主，宦豫章者，急行是令，此千百年未造之福，留之以待一人。时哉时哉，乘之勿失！

灯烛

灯烛辉煌，宾筵之首事也。然每见衣冠盛集，列山珍海错，倾玉醴琼浆，几部鼓吹，频歌叠奏，事事皆称绝畅，而独于歌台色相，稍近模糊。令人快耳快心，而不能大快其目者，非主人吝惜兰膏，不肯多设，只以灯煤作祟，非剔之不得其法，即司之不得其人耳。吾为六字诀以授人，曰：“多点不如勤剪。”勤剪之五，明于不剪之十。原其不剪之故，或以观场念切，主仆相同，均注目于梨园，置晦明于不同；或以奔走太劳，职无专委，因顾彼以失此，致有炬而无光，所谓司之不得其人也。欲正其弊，不过专责一人，择其谨朴老成、不耽游戏者，则二患庶几可免。

然司之得人，剔之不得其法，终为难事。大约场上之灯，高悬者多，卑立者少。剔卑灯易，剔高灯难。非以人就灯而升之使高，即以灯就人而降之使卑，剔一次必须升降一次，是人与灯皆不胜其劳，而座客观之亦觉代为烦苦，常有畏难不剪而听其昏黑者。予创二法以节其劳，一则已试而可自信者，一则未敢遽信而待试于人者。已试维何？长三四尺之烛剪是已。以铁为之，务为极细，粗则重而难举；然举之有法，说在后幅。有此长剪，则人不必升，灯亦不必降，举手即是，与剔卑灯无异矣。未试维何？暗提线索，用傀儡登场之法是已。法于梁上暗作长缝一条，通于屋后，纳挂灯之绳索于中，而以小小轮盘仰承其下，然后悬灯。灯之内柱外幕，分而为二，外幕系定于梁间，不使上下，内柱之索上跨轮盘。欲剪灯煤，则放内柱之索，使之卑以就人，剪毕复上，自投外幕之中，是外幕高悬不移，俨然以静待动。同一灯也，而有劳逸之分，劳所当劳，逸所当逸，较之内外俱下，而且有碍手碍脚之繁者，先踞一筹之胜矣。其不明抽以索，而必暗投梁缝之中，且贯通于屋后者，其故何居？欲埋伏抽索之人于屋后，使不露形，但见轮盘一转，其灯自下，剪毕复上，总无抽拽之形，若有神物厕于梁间者。予创为是法，非有心炫巧，不过善藏其拙。盖场上多立一人，多生一人之障蔽。使以一人剪灯，一人抽索，了此及彼，数数往来，则座客止见人行，无复洗耳听歌之暇矣。故藏人屋后，撤去一半藩篱，耳目之前，何等清静。藏人屋后者，亦不必定在墙垣之外，厅堂必有退步，屏障以后即其处也。或隔绛纱，或悬翠箔，但使内见外，而外不见内，则人工不露而天巧可施矣。每灯一盏，用索一条，以蜡磨光，欲其不涩。梁间一缝，可容数索，但须预编字号，系以小牌，使抽者便于识认。剪灯者将及某号，即预放某索以待之，此号方升，彼号即降，观其术者，如入山阴道中，明知是人非鬼，亦须诧异惊神，鼓掌而观，又是一番乐事。惜予囊悭无力，未及指使匠工，悬美法以待人，即谓自留余地亦可。

梁上凿缝，势有不能，为悬灯细事而损伤巨料，无此理也。如置此法于造屋之先，则于梁成之后，另镶薄板二条，空洞其中而蒙蔽其下，然后升梁于柱，以俟灯索，此一法也。已成之屋，亦如此法，但先置绳索于中，而后周遭以板。此法之设，不止定为观场，即于元夕张灯，寻常宴客，皆可用之，但比长剪之法为稍费耳。

制长剪之法，视屋之高卑以为长短，短者三尺，长者四五尺，直其身而曲其上，如鸟喙然，总以细巧坚劲为主。然用之有法，得其法则可行，不得其法则虽设而不适于用，犹弃物也。盖以铁为剪，又长数尺，是其体不能不重，只手高擎，势必摇动于上，剪动则灯亦动；灯剪俱动，则他东我西，虽欲剪之，不可得矣。法以右手持剪，左手托之，所托之处，高右手尺许。剪体虽重，不过一二斤，只手孤擎则不足，双手效力则有余；擎而剪之者一手，按之使不动摇者又有一手，其势虽高，何足虑乎？“孤掌难鸣，众擎易举。”天下事，类如是也。

长剪虽佳，予终恶其体重，倘能以坚木为身，止于近灯煤处用铁，则尽美而又尽善矣。思而未制，存其说以俟解人。

长剪难于概用，惟有烛无衣，与四围有衣而空洞其下者可以用之。若明角灯、珠灯，皆无隙可入，虽有长剪，何所用之？至于梁间放索，则是灯皆可。二事亦可并行，行之之法，又与前说相反：灯柱居中不动，而提起外幕以俟剪，剪毕复下。又合居重驭轻之法，听人所好而为之。

笺简

笺简之制，由古及今，不知几千万变。自人物器玩，以迨花鸟昆虫，无一不肖其形，无日不新其式；人心之巧，技艺之工，至此极矣。予谓巧则诚巧，工则至工，但其构思落笔之初，未免驰高骛远，舍最近者不思，而遍索于九天之上、八极之内，遂使光灿陆离者总成赘物，与书牍之本事无干。予所谓至近者非他，即其手中所制之笺简是也。

既名笺简，则笺简二字中便有无穷本义。鱼书雁帛而外，不有竹刺之式可为乎？书本之形可肖乎？卷册便面，锦屏绣轴之上，非染翰挥毫之地乎？石壁可以留题，蕉叶曾经代纸，岂竟未之前闻，而为予之臆说乎？至于苏蕙娘①所织之锦，又后人思之慕之，欲书一字于其上而不可复得者也。我能肖诸物之形似为笺，则笺上所列，皆题诗作字之料也。还其固有，绝其本无，悉是眼前韵事，何用他求？已命奚奴逐款制就，售之坊间，得钱付梓人，仍备剞劂之用，是此后生生不已，其新人见闻，快人挥洒之事，正未有艾。即呼予为薛涛②幻身，予亦未尝不受，盖须眉男子之不传，有愧于知名女子者正不少也。

已经制就者，有韵事笺八种，织锦笺十种。韵事者何？题石、题轴、便面、书卷、剖竹、雪蕉、卷子、册子是也。锦纹十种，则尽仿回文织锦之义，满幅皆锦，止留縠纹缺处代人作书，书成之后，与织就之回文无异。十种锦纹各别，作书之地亦不雷同。惨淡经营，事难缕述，海内名贤欲得者，倩人向金陵购之。是集内种种新式，未能悉走寰中，借此一端，以陈大概。售笺之地即售书之地，凡予生平著作，皆萃于此。有嗜痂之癖者，贸此以去，如偕笠翁而归。千里神交，全赖乎此。只今知己遍天下，岂尽谋面之人哉？（金陵书铺廊坊间有“芥子园名笺”五字者，即其处也。)

是集中所载诸新式，听人效而行之；惟笺帖之体裁，则令奚奴自制自售，以代笔耕，不许他人翻梓。已经传札布告，诫之于初矣。倘仍有垄断之豪，或照式刊行，或增减一二，或稍变其形，即以他人之功冒为己有，食其利而抹煞其名者，此即中山狼之流亚也。当随所在之官司而控告焉，伏望主持公道。至于倚富恃强，翻刻湖上笠翁之书者，六合以内，不知凡几。我耕彼食，情何以堪?誓当决一死战，布告当事，即以是集为先声。总之天地生人，各赋以心，即宜各生其智，我未尝塞彼心胸，使之勿生智巧，彼焉能夺吾生计，使不得自食其力哉!

【注释】

①苏蕙娘：十六国女诗人苏蕙，字若兰。其夫以罪流放，她织《回文旋玑图诗》相赠，后世称回文诗，后成为一种诗体和文字游戏。②薛涛：唐代乐妓，工于诗词，有才名。居成都百花潭时，制松花小笺，时称“薛涛笺”。

位置第二

器玩未得，则讲购求；及其既得，则讲位置。位置器玩与位置人才同一理也。设官授职者，期于人地相宜；安器置物者，务在纵横得当。设以刻刻需用者，而置之高阁，时时防坏者，而列于案头，是犹理繁治剧之材，处清静无为之地，黼黻皇猷之品，作驱驰孔道之官。有才不善用，与空国无人等也。他如方圆曲直，齐整参差，皆有就地立局之方，因时制宜之法。能于此等处展其才略，使人入其户、登其堂，见物物皆非苟设，事事具有深情，非特泉石勋猷于此足征全豹，即论庙堂经济，亦可微见一斑。未闻有颠倒其家，而能整齐其国者也。

忌排偶

“胪列古玩，切忌排偶。”此陈说也。予生平耻拾唾余，何必更蹈其辙。但排偶之中，亦有分别。有似排非排，非偶是偶；又有排偶其名，而不排偶其实者。皆当疏明其说，以备讲求。如天生一日，复生一月，似乎排矣，然二曜出不同时，且有极明微明之别，是同中有异，不得竟以排比目之矣。所忌乎排偶者，谓其有意使然，如左置一物，右无一物以配之，必求一色相俱同者与之相并，是则非偶而是偶，所当急忌者矣。若夫天生一对，地生一双，如雌雄二剑，鸳鸯二壶，本来原在一处者，而我必欲分之，以避排偶之迹，则亦矫揉执滞，大失物理人情之正矣。即避排偶之迹，亦不必强使分开，或比肩其形，或连环其势，使二物合成一物，即排偶其名，而不排偶其实矣。

大约摆列之法，忌作八字形，二物并列，不分前后、不爽分寸者是也；忌作四方形，每角一物，势如小菜碟者是也；忌作梅花体，中置一大物，周遭以小物是也；余可类推。当行之法，则与时变化，就地权宜，视形体为纵横曲直，非可预设规模者也。如必欲强拈一二，若三物相俱，宜作品字格，或一前二后，或一后二前，或左一右二，或右一左二，皆谓错综；若以三者并列，则犯排矣。四物相共，宜作心字及火字格，择一或高或长者为主，余前后左右列之，但宜疏密断连，不得均匀配合，是谓参差；若左右各二，不使单行，则犯偶矣。此其大略也，若夫润泽之，则在雅人君子。

贵活变

幽斋陈设，妙在日异月新。若使骨董生根，终年匏系一处，则因物多腐象，遂使人少生机，非善用古玩者也。居家所需之物，惟房舍不可动移，此外皆当活变。何也？眼界关乎心境，人欲活泼其心，先宜活泼其眼。即房舍不可动移，亦有起死回生之法。譬如造屋数进，取其高卑广隘之尺寸不甚相悬者，授意匠工，凡作窗棂门扇，皆同其宽窄而异其体裁，以便交相更替。同一房也，以彼处门窗挪入此处，便觉耳目一新，有如房舍皆迁者；再入彼屋，又换一番境界，是不特迁其一，且迁其二矣。房舍犹然，况器物乎？或卑者使高，或远者使近，或二物别之既久，而使一旦相亲，或数物混处多时，而使忽然隔绝，是无情之物变为有情，若有悲欢离合于其间者。但须左之右之，无不宜之，则造物在手，而臻化境矣。人谓朝东夕西，往来仆仆，“何许子[1]之不惮烦乎”？予曰：陶士行[2]之运甓，视此犹烦，未有笑其多事者；况古玩之可亲，犹胜于甓，乐此者不觉其疲，但不可为饱食终日无所用心者道。

古玩中香炉一物，其体极静，其用又妙在极动，是当一日数迁其位，片刻不容胶柱者也。人问其故，予以风帆喻之。舟行所挂之帆，视风之斜正为斜正，风从左而帆向右，则舟不进而且退矣。位置香炉之法亦然。当由风力起见，如一室之中有南北二牖，风从南来，则宜位置于正南，风从北入，则宜位置于正北；若风从东南或从西北，则又当位置稍偏，总以不离乎风者近是。若反风所向，则风去香随，而我不沾其味矣。又须启风来路，塞风去路，如风从南来而洞开北牖，风从北至而大辟南轩，皆以风为过客，而香亦传舍视我矣。须知器玩之中，物物皆可使静，独香炉一物，势有不能。“爱之能勿劳乎？”待人之法也，吾于香炉亦云。

【注释】

①许子：战国时农家人物许行。②陶士行：陶侃，字士行。这里讲的是他在广州军中，每天早晨把一百个小坛子搬到室外，晚上再搬进去，以此磨炼意志，激励自己勤奋。

饮馔部

蔬食第一

吾观人之一身，眼耳鼻舌，手足躯骸，件件都不可少。其尽可不设而必欲赋之，遂为万古生人之累者，独是口腹二物。口腹具而生计繁矣，生计繁而诈伪奸险之事出矣，诈伪奸险之事出，而五刑[①]不得不设。君不能施其爱育，亲不能遂其恩私，造物好生，而亦不能不逆行其志者，皆当日赋形不善，多此二物之累也。草木无口腹，未尝不生；山石土壤无饮食，未闻不长养。何事独异其形，而赋以口腹？即生口腹，亦当使如鱼虾之饮水，蜩螗之吸露，尽可滋生气力，而为潜跃飞鸣。若是，则可与世无求，而生人之患熄矣。乃既生以口腹，又复多其嗜欲，使如溪壑之不可厌；多其嗜欲，又复洞其底里，使如江海之不可填。以致人之一生，竭五官百骸之力，供一物之所耗而不足哉！吾反复推详，不能不于造物是咎。亦知造物于此，未尝不自悔其非，但以制定难移，只得终遂其过。甚矣！作法慎初，不可草草定制。

吾辑是编而谬及饮馔，亦是可已不已之事。其止崇啬，不导奢靡者，因不得已而为造物饰非，亦当虑始计终，而为庶物弭患。如逞一己之聪明，导千万人之嗜欲，则匪特禽兽昆虫无噍类，吾虑风气所开，日甚一日，焉知不有易牙复出，烹子求荣[②]，杀婴儿以媚权奸，如亡隋故事者哉！一误岂堪再误，吾不敢不以赋形造物视作覆车。

声音之道，丝不如竹，竹不如肉，为其渐近自然。吾谓饮食之道，脍不如肉，肉不如蔬，亦以其渐近自然也。草衣木食，上古之风，人能疏远肥腻，食蔬蕨而甘之，腹中菜园，不使羊来踏破，是犹作羲皇之民，鼓唐虞之腹，与崇尚古玩同一致也。所怪于世者，弃美名不居，而故异端其说，谓佛法如是，是则谬矣。吾辑《饮馔》一卷，后肉食而首蔬菜，一以崇俭，一以复古；至重宰割而惜生命，又其念兹在兹，而不忍或忘者矣。

【注释】

①五刑：是古代的刑罚，包括墨、劓、剕（也作腓）、宫、大辟五种。墨刑，在额头上刻字涂墨。劓刑，割鼻子。剕刑，砍脚。宫刑，毁坏生殖器。大辟，死刑。②易牙复出，烹子求荣：指易牙烹子的故事，齐桓公曾感叹自己没有吃过人肉，易牙就煮了自己的儿子给齐桓公吃，得到齐桓公的信任。

笋

论蔬食之美者，曰清，曰洁，曰芳馥，曰松脆而已矣。不知其至美所在，能居肉食之上者，只在一字之鲜。《记》曰："甘受和，白受采。"鲜即甘之所从出也。此种供奉，惟山僧野老躬治园圃者，得以有之，城市之人向卖菜佣求活者，不得与焉。然他种蔬食，不论城市山林，凡宅旁有圃者，旋摘旋烹，亦能时有其乐。至于笋之一物，则断断宜在山林，城市所产者，任尔芳鲜，终是笋之剩义。此蔬食中第一品也，肥羊嫩豕，何足比肩。但将笋肉齐烹，合盛一簋，人止食笋而遗肉，则肉为鱼而笋为熊掌[1]可知矣。购于市者且然，况山中之旋掘者乎？

食笋之法多端，不能悉纪，请以两言概之，曰："素宜白水，荤用肥猪。"茹斋者食笋，若以他物伴之，香油和之，则陈味夺鲜，而笋之真趣没矣。白煮俟熟，略加酱油，从来至美之物，皆利于孤行，此类是也。以之伴荤，则牛羊鸡鸭等物皆非所宜，独宜于豕，又独宜于肥。肥非欲其腻也，肉之肥者能甘，甘味入笋，则不见其甘，但觉其鲜之至也。烹之既熟，肥肉尽当去之，即汁亦不宜多存，存其半而益以清汤。调和之物，惟醋与酒。此制荤笋之大凡也。

笋之为物，不止孤行并用各见其美，凡食物中无论荤素，皆当用作调和。菜中之笋与药中之甘草，同是必需之物，有此则诸味皆鲜，但不当用其渣滓，而用其精液。庖人之善治具者，凡有焯笋之汤，悉留不去，每作一馔，必以和之，食者但知他物之鲜，而不知有所以鲜之者在也。《本草》中所载诸食物，益人者不尽可口，可口者未必益人，求能两擅其长者，莫过于此。东坡云："宁可食无肉，不可居无竹。无肉令人瘦，无竹令人俗。"不知能医俗者，亦能医瘦，但有已成竹未成竹之分耳。

【注释】

①肉为鱼而笋为熊掌：此句化用《孟子·告子》："鱼我所欲也，熊掌亦我所欲也，二者不可得兼，舍鱼而取熊掌者也。"

蕈

求至鲜至美之物于笋之外，其惟蕈①乎？蕈之为物也，无根无蒂，忽然而生，盖山川草木之气，结而成形者也，然有形而无体。凡物有体者必有渣滓，既无渣滓，是无体也。无体之物，犹未离乎气也。食此物者，犹吸山川草木之气，未有无益于人者也。其有毒而能杀人者，《本草》云以蛇虫行之故。予曰：不然。蕈大几何，蛇虫能行其上？况又极弱极脆而不能载乎？盖地之下有蛇虫，蕈生其上，适为毒气所钟，故能害人。毒气所钟者能害人，则为清虚之气所钟者，其能益人可知矣。世人辨之原有法，苟非有毒，食之最宜。此物素食固佳，伴以少许荤食尤佳，盖蕈之清香有限，而汁之鲜味无穷。

【注释】

①蕈：蘑菇，是生长于林木或草地中某些伞状高等菌类植物，种类很多，有的可食，有的有毒。

莼

陆之蕈，水之莼①，皆清虚妙物也。予尝以二物作羹，和以蟹之黄，鱼之肋，名曰"四美羹"。座客食而甘之，曰："今而后，无下箸处矣！"

【注释】

①莼：也称莼菜、水葵，一种水生植物，漂浮叶的上面呈橄榄绿色，下面红色，所有水下部分都有一层凝结胶质覆盖。

菜

世人制菜之法，可称百怪千奇，自新鲜以至于腌糟酱腊，无一不曲尽奇能，务求至美，独于起根发轫之事缺焉不讲，予甚惑之。其事维何？有八字诀云："摘之务鲜，洗之务净。"务鲜之论，已悉前篇。蔬食之最净者，曰笋，曰蕈，曰豆芽；其最秽者，则莫如家种之菜。灌肥之际，必连根带叶而浇之；随浇随摘，随摘随食，其间清浊，多有不可问者。洗菜之人，不过浸入水中，左右数漉，其事毕矣。孰知污秽之湿者可去，干者难去，日积月累之粪，岂顷刻数漉之所能尽哉？故洗菜务得其法，并须务得其人。以懒人、性急之人洗菜，犹之乎弗洗也。洗菜之法，入水宜久，久则干者浸透而易去；洗叶用刷，刷则高低曲折处皆可到，始能涤尽无遗。若是，则菜之本质净矣。本质净而后可加作料，可尽人工，不然，是先以污秽作调和，虽有百和之香，能敌一星之臭乎？噫，富室大家食指繁盛者，欲保其不食污秽，难矣哉！

菜类甚多，其杰出者则数黄芽。此菜萃于京师，而产于安肃，谓之“安肃菜”，此第一品也。每株大者可数斤，食之可忘肉味。不得已而思其次，其惟白下之水芹乎！予自移居白门，每食菜、食葡萄，辄思都门；食笋、食鸡豆，辄思武陵。物之美者，犹令人每食不忘，况为适馆授餐之人乎？

菜有色相最奇，而为《本草》《食物志》诸书之所不载者，则西秦所产之头发菜是也。予为秦客，传食于塞上诸侯。一日脂车将发，见炕上有物，俨然乱发一卷，谬谓婢子栉发所遗，将欲委之而去。婢子曰：“不然，群公所饷之物也。”询之土人，知为头发菜。浸以滚水，拌以姜醋，其可口倍于藕丝、鹿角等菜。携归饷客，无不奇之，谓珍错中所未见。此物产于河西，为值甚贱，凡适秦者皆争购异物，因其贱也而忽之，故此物不至通都，见者绝少。由是观之，四方贱物之中，其可贵者不知凡几，焉得人人物色之？发菜之得至江南，亦千载一时之至幸也。

瓜 茄 瓠 芋 山药

瓜、茄、瓠①、芋诸物，菜之结而为实者也。实则不止当菜，兼作饭矣。增一簋②菜，可省数合粮者，诸物是也。一事两用，何俭如之？贫家购此，同于籴粟。但食之各有其法：煮冬瓜、丝瓜忌太生，煮王瓜、甜瓜忌太熟；煮茄、瓠利用酱醋，而不宜于盐；煮芋不可无物伴之，盖芋之本身无味，借他物以成其味者也；山药则孤行并用，无所不宜，并油盐酱醋不设，亦能自呈其美，乃蔬食中之通材也。

【注释】

①瓠：瓠瓜，俗称葫芦。②簋：商代至战国时期用来盛食物的器具，圆口、双耳。

葱 蒜 韭

葱、蒜、韭三物，菜味之至重者也。菜能芬人齿颊者，香椿头是也；菜能秽人齿颊及肠胃者，葱、蒜、韭是也。椿头明知其香，而食者颇少，葱、蒜、韭尽识其臭，而嗜之者众，其故何欤？以椿头之味虽香而淡，不若葱、蒜、韭之气甚而浓。浓则为时所争尚，甘受其秽而不辞；淡则为世所共遗，自荐其香而弗受。吾于饮食一道，悟善身处世之难。一生绝三物不食，亦未尝多食香椿，殆所谓"夷惠之间[①]"者乎？

予待三物有差。蒜则永禁弗食；葱虽弗食，然亦听作调和；韭则禁其终而不禁其始，芽之初发，非特不臭，且具清香，是其孩提之心之未变也。

【注释】

①夷惠之间：夷，伯夷；惠，柳下惠。两人都是古代的清高之士。

萝卜

生萝卜切丝作小菜，伴以醋及他物，用之下粥最宜。但恨其食后打嗳[①]，嗳必秽气。予尝受此厄于人，知人之厌我，亦若是也，故亦欲绝而弗食。然见此物大异葱蒜，生则臭，熟则不臭，是与初见似小人，而卒为君子者等也。虽有微过，亦当恕之，仍食勿禁。

【注释】

①嗳（ǎi）：打嗝儿，胃里的气从嘴里出来，并发出声音。

芥辣汁

菜有具姜桂之性者乎？曰：有，辣芥是也。制辣汁之芥子，陈者绝佳，所谓愈老愈辣是也。以此拌物，无物不佳。食之者如遇正人，如闻谠论[①]，困者为之起倦，闷者以之豁襟，食中之爽味也。予每食必备，窃比于夫子之不撤姜也。

【注释】

①谠（dǎng）论：正直的言论。

谷食第二

食之养人，全赖五谷。使天止生五谷而不产他物，则人身之肥而寿也，较此必有过焉，保无疾病相煎，寿夭不齐之患矣。试观鸟之啄粟，鱼之饮水，皆止靠一物为生，未闻于一物之外，又有为之肴馔酒浆、诸饮杂食者也。乃禽鱼之死，皆死于人，未闻有疾病而死，及天年自尽而死者，是止食一物，乃长生久视之道也。人则不幸而为精腆所误，多食一物，多受一物之损伤，少静一时，少安一时之淡泊。其疾病之生，死亡之速，皆饮食太繁，嗜欲过度之所致也。此非人之自误，天误之耳。天地生物之初，亦不料其如是，原欲利人口腹，孰意利之反以害之哉！然则人欲自爱其生者，即不能止食一物，亦当稍存其意，而以一物为君。使酒肉虽多，不胜食气，即使为害，当亦不甚烈耳。

饭 粥

粥饭二物，为家常日用之需，其中机彀，无人不晓，焉用越俎者强为致词？然有吃紧二语，巧妇知之而不能言者，不妨代为喝破，使姑传之媳，母传之女，以两言代千百言，亦简便利人之事也。

先就粗者言之。饭之大病，在内生外熟，非烂即焦；粥之大病，在上清下淀，如糊如膏。此火候不均之故，惟最拙最笨者有之，稍能炊爨者，必无是事。然亦有刚柔合道，燥湿得宜，而令人咀之嚼之，有粥饭之美形，无饮食之至味者。其病何在？曰：挹水无度，增减不常之为害也。其吃紧二语，则曰：“粥水忌增，饭水忌减。”米用几何，则水用几何，宜有一定之度数。如医人用药，水一钟或钟半，煎至七分或八分，皆有定数。若以意为增减，则非药味不出，即药性不存，而服之无效矣。不善执爨者，用水不均，煮粥常患其少，煮饭常苦其多。多则逼而去之，少则增而入之，不知米之精液全在于水，逼去饭汤者，非去饭汤，去饭之精液也。精液去则饭为渣滓，食之尚有味乎？粥之既熟，水米成交，犹米之酿而为酒矣。虑其太厚而入之以水，非入水于粥，犹入水于酒也。水入而酒成糟粕，其味尚可咀乎？故善主中馈者，挹水时必限以数，使其勺不能增，滴无可减，再加以火候调匀，则其为粥为饭，不求异而异乎人矣。

宴客者有时用饭，必较家常所食者稍精。精用何法？曰：使之有香而已矣。予尝授意小妇，预设花露一盏，俟饭之初熟而浇之，浇过稍闭，拌匀而后入碗。食者归功于谷米，诧为异种而讯之，不知其为寻常五谷也。此法秘之已久，今始告人。行此法者，不必满釜浇遍，遍则费露甚多，而此法不行于世矣。止以一盏浇一隅，足供佳客所需而止。露以蔷薇、香橼、桂花三种为上，勿用玫瑰，以玫瑰之香，食者易辨，知非谷性所有。蔷薇、香橼、桂花三种，与谷性之香者相若，使人难辨，故用之。

汤

汤即羹之别名也。羹之为名，雅而近古；不曰羹而曰汤者，虑人古雅其名，而即郑重其实，似专为宴客而设者。然不知羹之为物，与饭相俱者也。有饭即应有羹，无羹则饭不能下，设羹以下饭，乃图省俭之法，非尚奢靡之法也。

古人饮酒，即有下酒之物；食饭，即有下饭之物。世俗改下饭为“厦饭”，谬矣。前人以读史为下酒物，岂下酒之“下”，亦从“厦”乎？“下饭”二字，人谓指肴馔而言，予曰：不然。肴馔乃滞饭之具，非下饭之具也。食饭之人见美馔在前，匕箸迟疑而不下，非滞饭之具而何？饭犹舟出，羹犹水也；舟之在滩，非水不下，与饭之在喉，非汤不下，其势一也。且养生之法，食贵能消；饭得羹而即消，其理易见。故善养生者，吃饭不可无羹；善作家者，吃饭亦不可无羹。宴客而为省馔计者，不可无羹；即宴客而欲其果腹始去，一馔不留者，亦不可无羹。何也？羹能下饭，亦能下馔故也。

近来吴越张筵，每馔必注以汤，大得此法。吾谓家常自膳，亦莫妙于此。宁可食无馔，不可饭无汤。有汤下饭，即小菜不设，亦可使哺啜如流；无汤下饭，即美味盈前，亦有时食不下咽。予以一赤贫之士，而养半百口之家，有饥时而无馑日者，遵是道也。

糕饼

谷食之有糕饼，犹肉食之有脯脍。《鲁论》①云："食不厌精，脍不厌细。"制糕饼者于此二句，当兼而有之。食之精者，米麦是也；脍之细者，粉面是也。精细兼长，始可论及工拙。求工之法，坊刻所载甚详，予使拾而言之，以作制饼制糕之印板，则观者必大笑曰："笠翁不拾唾余，今于饮食之中，现增一副依样葫芦矣！"冯妇下车②，请戒其始。只用二语括之，曰："糕贵乎松，饼利于薄。"

【注释】

①《鲁论》：即《鲁论语》，相传为鲁人所传，是今本《论语》的来源之一。②冯妇下车：典出《孟子·尽心下》："晋人有冯妇者，善搏虎，卒为善士。则之野，有众逐虎。虎负隅，莫之敢撄。望见冯妇，趋而迎之。冯妇攘臂下车，众皆悦之，其为士者笑之。"比喻重操旧业的人。

面

南人饭米，北人饭面，常也。《本草》云："米能养脾，麦能补心。"各有所裨于人者也。然使竟日穷年止食一物，亦何其胶柱口腹，而不肯兼爱心脾乎？予南人而北相，性之刚直似之，食之强横亦似之。一日三餐，二米一面，是酌南北之中，而善处心脾之道也。但其食面之法，小异于北，而且大异于南。北人食面多作饼，予喜条分而缕析之，南人之所谓"切面"是也。南人食切面，其油盐酱醋等作料，皆下于面汤之中，汤有味而面无味，是人之所重者不在面而在汤，与未尝食面等也。予则不然，以调和诸物，尽归于面，面具五味而汤独清，如此方是食面，非饮汤也。所制面有二种，一曰"五香面"，一曰"八珍面"。五香膳己，八珍饷客，略分丰俭于其间。

五香者何？酱也，醋也，椒末也，芝麻屑也，焯笋或煮蕈煮虾之鲜汁也。先以椒末、芝麻屑二物拌入面中，后以酱醋及鲜汁三物和为一处，即充拌面之水，勿再用水。拌宜极匀，擀宜极薄，切宜极细，然后以滚水下之，则精粹之物尽在面中，尽勾咀嚼，不似寻常吃面者，面则直吞下肚，而止咀咂其汤也。

八珍者何？鸡、鱼、虾三物之肉，晒使极干，与鲜笋、香蕈、芝麻、花椒四物，共成极细之末，和入面中，与鲜汁共为八种。酱醋亦用，而不列数内者，以家常日用之物，不得名之以珍也。鸡鱼之肉，务取极精，稍带肥腻者弗用，以面性见油即散，擀不成片，切不成丝故也。但观制饼饵者，欲其松而不实，即拌以油，则面之为性可知已。鲜汁不用煮肉之汤，而用笋、蕈、虾汁者，亦以忌油故耳。所用之肉，鸡、鱼、虾三者之中，惟虾最便，屑米为面，势如反掌，多存其末，以备不时之需；即膳已之五香，亦未尝不可六也。拌面之汁，加鸡蛋青一二盏更宜，此物不列于前而附于后者，以世人知用者多，列之又同剿袭耳。

粉

粉之名目甚多，其常有而适于用者，则惟藕、葛、蕨、绿豆四种。藕、葛二物，不用下锅，调以滚水，即能变生成熟。昔人云："有仓卒客，无仓卒主人。"欲为仓卒主人，则请多储二物。且卒急救饥，亦莫善于此。驾舟车行远路者，此是糇粮中首善之物。粉食之耐咀嚼者，蕨为上，绿豆次之。欲绿豆粉之耐嚼，当稍以蕨粉和之。凡物入口而不能即下，不即下而又使人咀之有味，嚼之无声者，斯为妙品。吾遍索饮食中，惟得此二物。绿豆粉为汤，蕨粉为下汤之饭，可称二耐，齿牙遇此，殆亦所谓劳而不怨者哉！

肉食第三

"肉食者鄙[①]"，非鄙其食肉，鄙其不善谋也。食肉之人之不善谋者，以肥腻之精液，结而为脂，蔽障胸臆，犹之茅塞其心，使之不复有窍也。此非予之臆说，夫有所验之矣。诸兽食草木杂物，皆狡獝而有智。虎独食人，不得人则食诸兽之肉，是匪肉不食者，虎也；虎者，兽之至愚者也。何以知之？考诸群书则信矣。“虎不食小儿”，非不食也，以其痴不惧虎，谬谓勇士而避之也。“虎不食醉人”，非不食也，因其醉势猖獗，目为劲敌而防之也。“虎不行曲路，人遇之者，引至曲路即得脱。”其不行曲路者，非若澹台灭明[2]之行不由径，以颈直不能回顾也。使知曲路必脱，先于周行食之矣。《虎苑》云：“虎之能搏狗者，牙爪也。使失其牙爪，则反伏于狗矣。”迹是观之，其能降人降物而藉之为粮者，则专恃威猛，威猛之外，一无他能，世所谓“有勇无谋”者，虎是也。予究其所以然之故，则以舍肉之外，不食他物，脂腻填胸，不能生智故。然则“肉食者鄙，未能远谋”，其说不既有征乎？吾今虽为肉食作俑，然望天下之人，多食不如少食。无虎之威猛而益其愚，与有虎之威猛而自昏其智，均非养生善后之道也。

【注释】

①肉食者鄙：语出《左传·庄公十年》：“肉食者鄙，未能远谋。”旧时指身居高位、俸禄丰厚的人眼光短浅。②澹（tán）台灭明：澹台，复姓，孔子弟子，教育家，比孔子小三十九岁，孔门七十二贤之一。传其走路不抄小道。

猪

食以人传者，“东坡[1]肉”是也。卒急听之，似非豕之肉，而为东坡之肉矣。东坡何罪，而割其肉，以实千古馋人之腹哉？甚矣，名士不可为，而名士游戏之小术，尤不可不慎也。至数百载而下，糕、布等物，又以眉公[2]得名。取“眉公糕”“眉公布”之名，以较“东坡肉”三字，似觉彼善于此矣。而其最不幸者，则有溷厕中之一物，俗人呼为“眉公马桶”。噫！马桶何物，而可冠以雅人高士之名乎？予非不知肉味，而于豕之一物，不敢浪措一词者，虑为东坡之续也。即溷厕中之一物，予未尝不新其制，但蓄之家，而不敢取以示人，尤不敢笔之于书者，亦虑为眉公之续也。

【注释】

①东坡：北宋文学家苏轼，字子瞻、和仲，号东坡居士。②眉公：明代文学家和书画家陈继儒，字仲醇，号眉公。

羊

物之折耗最重者，羊肉是也。谚有之曰："羊几贯，帐难算，生折对半熟对半，百斤止剩念[①]余斤，缩到后来只一段。"大率羊肉百斤，宰而割之，止得五十斤，迨烹而熟之，又止得二十五斤，此一定不易之数也。但生羊易消，人则知之；熟羊易长，人则未之知也。羊肉之为物，最能饱人，初食不饱，食后渐觉其饱，此易长之验也。凡行远路及出门作事，卒急不能得食者，啖此最宜。秦之西鄙，产羊极繁，土人日食止一餐，其能不枵腹[②]者，羊之力也。

《本草》载羊肉，比人参、黄芪。参芪补气，羊肉补形。予谓补人者羊，害人者亦羊。凡食羊肉者，当留腹中余地，以俟其长。倘初食不节而果其腹，饭后必有胀而欲裂之形，伤脾坏腹，皆由于此，葆生者不可不知。

【注释】

①念：即"廿（niàn）"，二十。②枵（xiāo）腹：空腹，谓饥饿。

牛 犬

猪、羊之后，当及牛、犬。以二物有功于世，方劝人戒之之不暇，尚忍为制酷刑乎？略此二物，遂及家禽，是亦以羊易牛[①]之遗意也。

【注释】

①以羊易牛：典出《孟子·梁惠王上》：王坐于堂上，有牵牛而过堂下者，曰："何可废也，以羊易之。"比喻用这个代替另一个，以示仁义。

鸡

鸡亦有功之物，而不讳其死者，以功较牛、犬为稍杀。天之晓也，报亦明，不报亦明，不似畎亩、盗贼，非牛不耕，非犬之吠则不觉也。然较鹅、鸭二物，则淮阴羞伍绛、灌矣[①]。烹饪之刑，似宜稍宽于鹅鸭。卵之有雄者弗食，重不至斤外者弗食，即不能寿之，亦不当过夭之耳。

【注释】

①淮阴羞伍绛、灌矣：淮阴，指韩信，曾被刘邦贬为“淮阴侯”。绛，绛婴；灌，即灌夫，两人皆汉初名将，而韩信耻与他们同列。事见《史记·淮阴侯列传》。

鹅

鵝鵝之肉无他长，取其肥且甘而已矣。肥始能甘，不肥则同于嚼蜡。鹅以固始为最，讯其土人，则曰：“豢之之物，亦同于人。食人之食，斯其肉之肥腻亦同于人也。”犹之豕肉以金华为最，婺人豢豕，非饭即粥，故其为肉也甜而腻。然则固始之鹅，金华之豕，均非鹅豕之美，食美之也。食能美物，奚俟人言？归而求之，有余师矣。但授家人以法，彼虽饲以美食，终觉饥饱不时，不似固始、金华之有节，故其为肉也，犹有一间之殊。盖终以禽兽畜之，未尝稍同于人耳。“继子得食，肥而不泽。”其斯之谓欤？

有告予食鹅之法者，曰：昔有一人，善制鹅掌。每豢肥鹅将杀，先熬沸油一盂，投以鹅足，鹅痛欲绝，则纵之池中，任其跳跃。已而复擒复纵，炮瀹如初。若是者数四，则其为掌也，丰美甘甜，厚可径寸，是食中异品也。予曰：惨哉斯言！予不愿听之矣。物不幸而为人所畜，食人之食，死人之事。偿之以死亦足矣，奈何未死之先，又加若是之惨刑乎？二掌虽美，入口即消，其受痛楚之时，则有百倍于此者。以生物多时之痛楚，易我片刻之甘甜，忍人不为，况稍具婆心者乎？地狱之设，正为此人，其死后炮烙之刑，必有过于此者。

鸭

禽属之善养生者，雄鸭是也。何以知之，知之于人之好尚。诸禽尚雌，而鸭独尚雄；诸禽贵幼，而鸭独贵长。故养生家有言：“烂蒸老雄鸭，功效比参芪。”使物不善养生，则精气必为雌者所夺，诸禽尚雌者，以为精气之所聚也。使物不善养生，则情窍一开，日长而日瘠矣，诸禽贵幼者，以其泄少而存多也。雄鸭能愈长愈肥，皮肉至老不变，且食之与参芪比功，则雄鸭之善于养生，不待考核而知之矣。然必俟考核，则前此未之闻也。

野禽 野兽

野味之逊于家味者，以其不能尽肥；家味之逊于野味者，以其不能有香也。家味之肥，肥于不自觅食而安享其成；野味之香，香于草木为家而行止自若。是知丰衣美食，逸处安居，肥人之事也；流水高山，奇花异木，香人之物也。肥则必供刀俎，靡有孑遗；香亦为人朵颐，然或有时而免。二者不欲其兼，舍肥从香而已矣。

野禽可以时食，野兽则偶一尝之。野禽如雉、雁、鸠、鸽、黄雀、鹌鹑之属，虽生于野，若畜于家，为可取之如寄也。野兽之可得者，惟兔、獐、鹿、熊、虎诸兽，岁不数得。是野味之中又分难易。难得者何？以其久住深山，不入人境，槛阱[①]之入，是人往觅兽，非兽来挑人也。禽则不然，知人欲弋[②]而往投之，以觅食也，食得而祸随之矣。是兽之死也，死于人；禽之毙也，毙于己。食野味者，当作如是观。惜禽而更当惜兽，以其取死之道为可原也。

【注释】

①槛阱：槛，捕捉野兽的笼子；阱，捕捉野兽的陷阱。②弋：系着绳子的箭，这里指人们想捕捉禽鸟的各种设置。

鱼

鱼藏水底，各自为天，自谓与世无求，可保戈矛之不及矣。乌知网罟[①]之奏功，较弓矢罝罘[②]为更捷。无事竭泽而渔，自有吞舟不漏之法。然鱼与禽兽之生死，同是一命，觉鱼之供人刀俎，似较他物为稍宜。何也？水族难竭而易繁。胎生卵生之物，少则一母数子，多亦数十子而止矣。鱼之为种也似粟，千斯仓而万斯箱，皆于一腹焉寄之。苟无沙汰之人，则此千斯仓而万斯箱者生生不已，又变而为恒河沙数[③]。至恒河沙数之一变再变，以至千百变，竟无一物可以喻之，不几充塞江河而为陆地，舟楫之往来能无恙乎？故渔人之取鱼虾，与樵人之伐草木，皆取所当取，伐所不得不伐者也。我辈食鱼虾之罪，较食他物为稍轻。兹为约法数章，虽难比乎祥刑[④]，亦稍差于酷吏。

食鱼者首重在鲜，次则及肥，肥而且鲜，鱼之能事毕矣。然二美虽兼，又有所重在一者。如鲟、如鯚、如鲫、如鲤，皆以鲜胜者也，鲜宜清煮作汤；如鳊、如白、如鲥、如鲢，皆以肥胜者也，肥宜厚烹作脍。烹煮之法，全在火候得宜。先期而食者肉生，生则不松；过期而食者肉死，死则无味。迟客之家，他馔或可先设以待，鱼则必须活养，候客至旋烹。鱼之至味在鲜，而鲜之至味又只在初熟离釜之片刻，若先烹以待，是使鱼之至美，发泄于空虚无人之境；待客至而再经火气，犹冷饭之复炊，残酒之再热，有其形而无其质矣。煮鱼之水忌多，仅足伴鱼而止，水多一口，则鱼淡一分。司厨婢子，所利在汤，常有增而复增，以致鲜味减而又减者，志在厚客，不能不薄待庖人耳。更有制鱼良法，能使鲜肥迸出，不失天真，迟速咸宜，不虞火候者，则莫妙于蒸。置之镟内，入陈酒、酱油各数盏，覆以瓜姜及蕈笋诸鲜物，紧火蒸之极熟。此则随时早暮，供客咸宜，以鲜味尽在鱼中，并无一物能侵，亦无一气可泄，真上着也。

【注释】

①网罟：密网。罟，捕鱼的网。②罝罘：泛指捕猎的网。③恒河沙数：佛经中语，形容数量多到无法计算。④祥刑：指古代之象刑，如给犯法的人头上插草，以示惩罚。

虾

笋为蔬食之必需，虾为荤食之必需，皆犹甘草之于药也。善治荤食者，以焯虾之汤，和入诸品，则物物皆鲜，亦犹笋汤之利于群蔬。笋可孤行，亦可并用；虾则不能自主，必借他物为君。若以煮熟之虾单盛一簋，非特华筵必无是事，亦且令食者索然。惟醉者糟者，可供匕箸。是虾也者，因人成事之物，然又必不可无之物也。“治国若烹小鲜①”，此小鲜之有裨于国者。

【注释】

①治国若烹小鲜：语出《老子》第六十章：“治大国若烹小鲜。”

鳖

“新粟米炊鱼子饭，嫩芦笋煮鳖裙羹。”林居之人述此以鸣得意，其味之鲜美可知矣。予性于水族无一不嗜，独与鳖不相能，食多则觉口燥，殊不可解。一日，邻人网得巨鳖，召众食之，死者接踵，染指其汁者，亦病数月始痊。予以不喜食此，得免于召，遂得免于死。岂性之所在，即命之所在耶？予一生侥幸之事难更仆数。乙未居武林，邻家失火，三面皆焚，而予居无恙。己卯之夏，遇大盗于虎爪山，贿以重资者得免，不则立毙。予囊无一钱，自分必死，延颈受诛，而盗不杀。至于甲申、乙酉之变，予虽避兵山中，然亦有时入郭。其至幸者，才徙家而家焚，甫出城而城陷，其出生于死，皆在斯须倏忽之间。噫！予何修而得此于天哉？报施无地，有强为善而已矣。

蟹

予于饮食之美，无一物不能言之，且无一物不穷其想象，竭其幽渺而言之；独于蟹螯一物，心能嗜之，口能甘之，无论终身一日皆不能忘之。至其可嗜可甘与不可忘之故，则绝口不能形容之。此一事一物也者，在我则为饮食中之痴情，在彼则为天地间之怪物矣。予嗜此一生。每岁于蟹之未出时，即储钱以待，因家人笑予以蟹为命，即自呼其钱为“买命钱”。自初出之日始，至告竣之日止，未尝虚负一夕，缺陷一时。同人知予癖蟹，招者饷者，皆于此日，予因呼九月、十月为“蟹秋”。虑其易尽而难继，又命家人涤瓮酿酒，以备糟之醉之之用。糟名“蟹糟”，酒名“蟹酿”，瓮名“蟹瓮”。向有一婢，勤于事蟹，即易其名为“蟹奴”，今亡之矣。蟹乎！蟹乎！汝于吾之一生，殆相终始者乎！所不能为汝生色者，未尝于有螃蟹无监州处作郡，出俸钱以供大嚼，仅以悭囊易汝。即使日购百筐，除供客外，与五十口家人分食，然则入予腹者有几何哉？蟹乎！蟹乎！吾终有愧于汝矣。

蟹之为物至美，而其味坏于食之之人。以之为羹者，鲜则鲜矣，而蟹之美质何在？以之为脍者，腻则腻矣，而蟹之真味不存。更可厌者，断为两截，和以油、盐、豆粉而煎之，使蟹之色、蟹之香与蟹之真味全失。此皆似嫉蟹之多味，忌蟹之美观，而多方蹂躏，使之泄气而变形者也。世间好物，利在孤行。蟹之鲜而肥，甘而腻，白似玉而黄似金，已造色香味三者之至极，更无一物可以上之。和以他味者，犹之以爝火助日，掬水益河，冀其有裨也，不亦难乎？凡食蟹者，只合全其故体，蒸而熟之，贮以冰盘，列之几上，听客自取自食。剖一筐，食一筐，断一螯，食一螯，则气与味纤毫不漏。出于蟹之躯壳者，即入于人之口腹，饮食之三昧，再有深入于此者哉？凡治他具，皆可人任其劳，我享其逸，独蟹与瓜子、菱角三种，必须自任其劳。旋剥旋食则有味，人剥而我食之，不特味同嚼蜡，且似不成其为蟹与瓜子、菱角，而别是一物者。此与好香必须自焚，好茶必须自斟，僮仆虽多，不能任其力者，同出一理。讲饮食清供之道者，皆不可不知也。

宴上客者，势难全体，不得已而羹之，亦不当和以他物，惟以煮鸡鹅之汁为汤，去其油腻可也。

瓮中取醉蟹，最忌用灯，灯光一照，则满瓮俱沙，此人人知忌者也。有法处之，则可任照不忌。初醉之时，不论昼夜，俱点油灯一盏，照之入瓮，则与灯光相习，不相忌而相能，任凭照取，永无变沙之患矣。（此法都门有用之者。）

零星水族

予担簦二十年，履迹几遍天下。四海历其三，三江五湖则俱未尝遗一，惟九河未能环绕，以其迂僻者多，不尽在舟车可抵之境也。历水既多，则水族之经食者，自必不少，因知天下万物之繁，未有繁于水族者，载籍所列诸鱼名，不过十之六七耳。常有奇形异状，味亦不群，渔人竟日取之，土人终年食之，咨询其名，皆不知为何物者。无论其他，即吴门、京口诸地所产水族之中，有一种似鱼非鱼，状类河豚而极小者，俗名“斑子鱼”，味之甘美，几同乳酪，又柔滑无骨，真至味也，而《本草》《食物》诸书，皆所不载。近地且然，况寥廓而迂僻者乎？海错[①]之至美，人所艳羡而不得食者，为闽之“西施舌”“江瑶柱”二种。“西施舌”予既食之，独“江瑶柱”未获一尝，为入闽恨事。所谓“西施舌”者，状其形也。白而洁，光而滑，入口咂之，俨然美妇之舌，但少朱唇皓齿牵制其根，使之不留而即下耳。此所谓状其形也。若论鲜味，则海错中尽有过之者，未甚奇特，朵颐此味之人，但索美舌而咂之，即当屠门大嚼矣。其不甚著名而有异味者，则北海之鲜鳓，味并鲥鱼，其腹中有肋，甘美绝伦。世人以在鲟鳇腹中者为“西施乳”，若与此肋较短长，恐又有东家西家之别耳。

河豚为江南最尚之物，予亦食而甘之。但询其烹饪之法，则所需之作料甚繁，合而计之，不下十余种，且又不可缺一，缺一则腥而寡味。然则河豚无奇，乃假众美成奇者也。有如许调和之料施之他物，何一不可擅长，奚必假杀人之物以示异乎？食之可，不食亦可。若江南之鲚，则为春馔中妙物。食鲥鱼及鲟鳇有厌时，鲚则愈嚼愈甘，至果腹而犹不能释手者也。

【注释】

①海错：食用海洋动物的统称。

附：不载果食茶酒说

果者酒之仇，茶者酒之敌，嗜酒之人必不嗜茶与果，此定数也。凡有新客入座，平时未经共饮，不知其酒量浅深者，但以果饼及糖食验之，取到即食，食而似有踊跃之情者，此即茗客，非酒客也。取而不食，及食不数四而即有倦色者，此必巨量之客，以酒为生者也。以此法验嘉宾，百不失一。予系茗客而非酒人，性似猿猴，以果代食，天下皆知之矣。讯以酒味则茫然，与谈食果饮茶之事，则觉井井有条，滋滋多味。兹既备述饮馔之事，则当于二者加详，胡以缺而不备？曰：惧其略也。性既嗜此，则必大书特书，而且为罄竹之书，若以寥寥数纸终其崖略，则恐笔欲停而心未许，不觉其言之汗漫而难收也。且果可略而茶不可略，茗战之兵法，富于《三略》《六韬》，岂《孙子》十三篇所能尽其灵秘者哉？是用专辑一编，名为《茶果志》，孤行可，尾于是集之后亦可。至于曲糵一事，予既自谓茫然，如复强为置吻，则假口他人乎？抑强不知为知，以欺天下乎？假口则仍犯剿袭之戒；将欲欺人，则茗客可欺，酒人不可欺也。倘执其所短而兴问罪之师，吾能以茗战战之乎？不若绝口不谈之为愈耳。

种植部

木本第一

草木之种类极杂，而别其大较有三，木本、藤本、草本是也。木本坚而难痿，其岁较长者，根深故也。藤本之为根略浅，故弱而待扶，其岁犹以年纪。草本之根愈浅，故经霜辄坏，为寿止能及岁。是根也者，万物短长之数也，欲丰其得，先固其根，吾于老农老圃之事，而得养生处世之方焉。人能虑后计长，事事求为木本，则见雨露不喜，而睹霜雪不惊；其为身也，挺然独立，至于斧斤之来，则天数也，岂灵椿古柏之所能避哉？如其植德不力，而务为苟延，则是藤本其身，止可因人成事，人立而我立，人仆而我亦仆矣。至于木槿其生，不为明日计者，彼且不知根为何物，遑计入土之浅深，藏荄之厚薄哉？是即草木之流亚也。噫！世岂乏草木之行，而反木其天年，藤其后裔者哉？此造物偶然之失，非天地处人待物之常也。

牡丹

牡丹得王于群花，予初不服是论，谓其色其香，去芍药有几？择其绝胜者与角雌雄，正未知鹿死谁手。及睹《事物纪原》[①]，谓武后冬月游后苑，花俱开而牡丹独迟，遂贬洛阳，因大悟曰："强项若此，得贬固宜，然不加九五之尊，奚洗八千之辱乎？"（韩诗"夕贬潮阳路八千"。）物生有候，葭[②]动以时，苟非其时，虽十尧不能冬生一穗；后系人主，可强鸡人使昼鸣乎？如其有识，当尽贬诸卉而独崇牡丹。花王之封，允宜肇于此日，惜其所见不逮，而且倒行逆施。诚哉！其为武后也。予自秦之巩昌，载牡丹十数本而归，同人嘲予以诗，有"群芳应怪人情热，千里趋迎富贵花"之句。予曰："彼以守拙得贬，予载之归，是趋冷非趋热也。"兹得此论，更发明矣。

艺植之法，载于名人谱帙者，纤发无遗，予倘及之，又是拾人牙后[3]矣。但有吃紧一着，花谱偶载而未之悉者，请畅言之。是花皆有正面，有反面，有侧面。正面宜向阳，此种花通义也。然他种犹能委曲，独牡丹不肯通融，处以南面则生，俾之他向则死，此其肮脏不回之本性，人主不能屈之，谁能屈之？予尝执此语同人，有迂其说者。予曰："匪特士民之家，即以帝王之尊，欲植此花，亦不能不循此例。"同人诘予曰："有所本乎？"予曰："有本。吾家太白诗云：'名花倾国两相欢，常得君王带笑看。解释春风无限恨，沉香亭北倚栏杆。'倚栏杆者向北，则花非南面而何？"同人笑而是之。斯言得无定论？

【注释】

①《事物纪原》：宋高承撰，十卷，分五十五部，内容包括天地山川、鸟兽花木、阴阳五行、礼乐制度等。纪事达一千八百四十一条，叙述事物起源虽不尽确切，但皆引用原书可供参考。②葭：初生的芦苇。③后：通"诟"。

梅

花之最先者梅，果之最先者樱桃。若以次序定尊卑，则梅当王于花，樱桃王于果，犹瓜之最先者曰王瓜，于义理未尝不合，奈何别置品题，使后来居上。首出者不得为圣人，则辟草昧致文明者，谁之力欤？虽然，以梅冠群芳，料舆情必协；但以樱桃冠群果，吾恐主持公道者，又不免为荔枝号屈矣。姑仍旧贯，以免抵牾。

种梅之法，亦备群书，无庸置吻，但言领略之法而已。花时苦寒，即有妻梅之心，当筹寝处之法。否则衾枕不备，露宿为难，乘兴而来者，无不尽兴而返，即求为驴背浩然，不数得也。观梅之具有二：山游者必带帐房，实三面而虚其前，制同汤网，其中多设炉炭，既可致温，复备暖酒之用。此一法也。园居者设纸屏数扇，覆以平顶，四面设窗，尽可开闭，随花所在，撑而就之。此屏不止观梅，是花皆然，可备终岁之用。立一小匾，名曰"就花居"。花间竖一旗帜，不论何花，概以总名曰"缩地花"。此一法也。若家居种植者，近在身畔，远亦不出眼前，是花能就人，无俟人为蜂蝶矣。

然而爱梅之人，缺陷有二：凡到梅开之时，人之好恶不齐，天之功过亦不等，风送香来，香来而寒亦至，令人开户不得，闭户不得，是可爱者风，而可憎者亦风也。雪助花妍，雪冻而花亦冻，令人去之不可，留之不可，是有功者雪，有过者亦雪也。其有功无过，可爱而不可憎者惟日，既可养花，又堪曝背，是诚天之循吏也。使止有日而无风雪，则无时无日不在花间，布帐纸屏皆可不设，岂非梅花之至幸，而生人之极乐也哉！然而为之天者，则甚难矣。

蜡梅者，梅之别种，殆亦共姓而通谱者欤？然而有此令德，亦乐与联宗。吾又谓别有一花，当为蜡梅之异姓兄弟，玫瑰是也。气味相孚，皆造浓艳之极致，殆不留余地待人者矣。人谓过犹不及，当务适中，然资性所在，一往而深，求为适中，不可得也。

桃

凡言草木之花，矢口即称桃李，是桃李二物，领袖群芳者也。其所以领袖群芳者，以色之大都不出红白二种，桃色为红之极纯，李色为白之至洁，“桃花能红李能白”一语，足尽二物之能事。然今人所重之桃，非古人所爱之桃；今人所重者为口腹计，未尝究及观览。大率桃之为物，可目者未尝可口，不能执两端事人。凡欲桃实之佳者，必以他树接之，不知桃实之佳，佳于接，桃色之坏，亦坏于接。

桃之未经接者，其色极娇，酷似美人之面，所谓“桃腮”“桃靥”者，皆指天然未接之桃，非今时所谓碧桃、绛桃、金桃、银桃之类也。即今诗人所咏，画图所绘者，亦是此种。此种不得于名园，不得于胜地，惟乡村篱落之间，牧童樵叟所居之地，能富有之。欲看桃花者，必策蹇郊行，听其所至，如武陵人之偶入桃源，始能复有其乐。如仅载酒园亭，携姬院落，为当春行乐计者，谓赏他卉则可，谓看桃花而能得其真趣，吾不信也。

噫，色之极媚者莫过于桃，而寿之极短者亦莫过于桃，“红颜薄命”之说，单为此种。凡见妇人面与相似而色泽不分者，即当以花魂视之，谓别形体不久也。然勿明言，至生涕泣。

李

李是吾家果，花亦吾家花，当以私爱嬖之，然不敢也。唐有天下，此树未闻得封。天子未尝私庇，况庶人乎？以公道论之可已。与桃齐名，同作花中领袖，然而桃色可变，李色不可变也。“邦有道，不变塞焉，强哉矫！邦无道，至死不变，强哉矫！”自有此花以来，未闻稍易其色，始终一操，涅而不淄，是诚吾家物也。至有稍变其色，冒为一宗，而此类不收，仍加一字以示别者，则郁李是也。李树较桃为耐久，逾三十年始老，枝虽枯而子仍不细，以得于天者独厚，又能甘淡守素，未尝以色媚人也。若仙李之盘根，则又与灵椿比寿。我欲绳武而不能，以著述永年而已矣。

杏

种杏不实者，以处子常系之裙系树上，便结累累。予初不信，而试之果然。是树性喜淫者，莫过于杏，予尝名为“风流树”。噫！树木何取于人，人何亲于树木，而契爱若此，动乎情也？情能动物，况于人乎！其必宜于处子之裙者，以情贵乎专；已字人者，情有所分而不聚也。予谓此法既验于杏，亦可推而广之。凡树木之不实者，皆当系以美女之裳；即男子之不能诞育者，亦当衣以佳人之裤。盖世间慕女色而爱处子，可以情感而使之动者，岂止一杏而已哉！

梨

予播迁四方，所止之地，惟荔枝、龙眼、佛手诸卉，为吴越诸邦不产者，未经种植，其余一切花果竹木，无一不经葺理；独梨花一本，为眼前易得之物，独不能身有其树为楂梨主人，可与少陵不咏海棠，同作一等欠事。然性爱此花，甚于爱食其果。果之种类不一，中食者少，而花之耐看，则无一不然。雪为天上之雪，此是人间之雪；雪之所少者香，此能兼擅其美。唐人诗云：“梅虽逊雪三分白，雪却输梅一段香。”此言天上之雪。料其输赢不决，请以人间之雪，为天上解围。

海棠

"海棠有色而无香"，此《春秋》责备贤者之法。否则无香者众，胡尽恕之，而独于海棠是咎？然吾又谓海棠不尽无香，香在隐跃之间，又不幸而为色掩。如人生有二技，一技稍粗，则为精者所隐；一术太长，则六艺皆通，悉为人所不道。王羲之善书，吴道子善画，此二人者，岂仅工书善画者哉？苏长公不善棋酒，岂遂一子不拈，一卮不设者哉？诗文过高，棋酒不足称耳。吾欲证前人有色无香之说，执海棠之初放者嗅之，另有一种清芬，利于缓咀，而不宜于猛嗅。使尽无香，则蜂蝶过门不入矣，何以郑谷《咏海棠》诗云："朝醉暮吟看不足，羡他蝴蝶宿深枝？"有香无香，当以蝶之去留为证。且香之与臭，敌国也。《花谱》云："海棠无香而畏臭，不宜灌粪。"去此者必即彼，若是，则海棠无香之说，亦可备证于前，而稍白于后矣。噫！"大音希声"，"大羹不和"，奚必如兰如麝，扑鼻薰人，而后谓之有香气乎？

王禹偁《诗话》云："杜子美避地蜀中，未尝有一诗及海棠，以其生母名海棠也。"生母名海棠，予空疏未得其考，然恐子美即善吟，亦不能物物咏到。一诗偶遗，即使后人议及父母。甚矣，才子之难为也。鼎革以前，吾乡杜姓者，其家海棠绝胜，予岁岁纵览，未尝或遗。尝赠以诗云："此花不比别花来，题破东君着意培。不怪少陵无赠句，多情偏向杜家开。"似可为少陵解嘲。

秋海棠一种，较春花更媚。春花肖美人，秋花更肖美人；春花肖美人之已嫁者，秋花肖美人之待年者；春花肖美人之绰约可爱者，秋花肖美人之纤弱可怜者。处子之可怜，少妇之可爱，二者不可得兼，必将娶怜而割爱矣。相传秋海棠初无是花，因女子怀人不至，涕泣洒地，遂生此花，可为"断肠花"。噫！同一泪也，洒之林中，即成斑竹，洒之地上，即生海棠，泪之为物神矣哉！

春海棠颜色极佳，凡有园亭者不可不备，然贫士之家不能必有，当以秋海棠补之。此花便于贫士者有二：移根即是，不须钱买，一也；为地不多，墙间壁上，皆可植之。性复喜阴，秋海棠所取之地，皆群花所弃之地也。

玉兰

世无玉树，请以此花当之。花之白者尽多，皆有叶色相乱，此则不叶而花，与梅同致。千干万蕊，尽放一时，殊盛事也。但绝盛之事，有时变为恨事。众花之开，无不忌雨，而此花尤甚。一树好花，止须一宿微雨，尽皆变色，又觉腐烂可憎，较之无花，更为乏趣。群花开谢以时，谢者既谢，开者犹开，此则一败俱败，半瓣不留。语云："弄花一年，看花十日。"为玉兰主人者，常有延伫经年，不得一朝盼望者，讵非香国中绝大恨事？故值此花一开，便宜急急玩赏，玩得一日是一日，赏得一时是一时。若初开不玩而俟全开，全开不玩而俟盛开，则恐好事未行，而杀风景者至矣。噫！天何仇于玉兰，而往往三岁之中，定有一二岁与之为难哉！

辛夷

辛夷，木笔，望春花，一卉而数异其名，又无甚新奇可取，名有余而实不足者，此类是也。园亭极广，无一不备者方可植之，不则当为此花藏拙。

山茶

花之最不耐开，一开辄尽者，桂与玉兰是也；花之最能持久，愈开愈盛者，山茶、石榴是也。然石榴之久，犹不及山茶；榴叶经霜即脱，山茶戴雪而荣。则是此花也者，具松柏之骨，挟桃李之姿，历春夏秋冬如一日，殆草木而神仙者乎？又况种类极多，由浅红以至深红，无一不备。其浅也，如粉如脂，如美人之腮，如酒客之面；其深也，如朱如火，如猩猩之血，如鹤顶之朱。可谓极浅深浓淡之致，而无一毫遗憾者矣。得此花一二本，可抵群花数十本。惜乎予园仅同芥子，诸卉种就，不能再纳须弥，仅取盆中小树，植于怪石之旁。噫！善善而不能用，恶恶而不能去，予其郭公①也夫！

【注释】

①郭公：指傀儡，北齐后主高纬，雅好傀儡，谓之“郭公”。这里用来比喻自己喜欢的东西不能用，自己讨厌的东西却不能抛弃。

紫薇

人谓禽兽有知，草木无知。予曰：不然。禽兽草木尽是有知之物，但禽兽之知，稍异于人，草木之知，又稍异于禽兽，渐蠢则渐愚耳。何以知之？知之于紫薇树之怕痒。知痒则知痛，知痛痒则知荣辱利害，是去禽兽不远，犹禽兽之去人不远也。人谓树之怕痒者，只有紫薇一种，余则不然。予曰：“草木同性，但观此树怕痒，即知无草无木不知痛痒，但紫薇能动，他树不能动耳。”人又问：“既然不动，何以知其识痛痒？”予曰：“就人喻之，怕痒之人，搔之即动，亦有不怕痒之人，听人搔扒而不动者，岂人亦不知痛痒乎？”由是观之，草木之受诛锄，犹禽兽之被宰杀，其苦其痛，俱有不忍言者。人能以待紫薇者待一切草木，待一切草木者待禽兽与人，则斩伐不敢妄施，而有疾痛相关之义矣。

绣球

天工之巧，至开绣球一花而止矣。他种之巧，纯用天工，此则诈施人力，似肖尘世所为而为者。剪春罗、剪秋罗诸花亦然。天工于此，似非无意，盖曰：“汝所能者，我亦能之；我所能者，汝实不能为也。”若是，则当再生一二蹴球之人，立于树上，则天工之斗巧者全矣。其不屑为此者，岂以物可肖，而人不足肖乎？

紫荆

紫荆一种，花之可已者也。但春季所开，多红少紫，欲备其色，故间植之。然少枝无叶，贴树生花，虽若紫衣少年，亭亭独立，但觉窄袍紧袂，衣瘦身肥，立于翩翩舞袖之中，不免代为踧踖①。

【注释】

①踧踖（cù jí）：恭敬而局促不安的样子。

栀子

栀子花无甚奇特，予取其仿佛玉兰。玉兰忌雨，而此不忌；玉兰齐放齐凋，而此则开以次第。惜其树小而不能出檐，如能出檐，即以之权当玉兰，而补三春恨事，谁曰不可？

杜鹃 樱桃

杜鹃、樱桃二种，花之可有可无者也。所重于樱桃者，在实不在花；所重于杜鹃者，在西蜀之异种，不在四方之恒种。如名花俱备，则二种开时，尽有快心而夺目者，欲览余芳，亦愁少暇。

石榴

芥子园之地不及三亩，而屋居其一，石居其一，乃榴之大者，复有四五株。是点缀吾居，使不落寞者，榴也；盘踞吾地，使不得尽栽他卉者，亦榴也。榴之功罪，不几半乎？然赖主人善用，榴虽多，不为赘也。榴性喜压，就其根之宜石者，从而山之，是榴之根即山之麓也；榴性喜日，就其阴之可庇者，从而屋之，是榴之地即屋之天地；榴之性又复喜高而直上，就其枝柯之可傍，而又借为天际真人①者，从而楼之，是榴之花即吾倚栏守户之人也。此芥子园主人区处石榴之法，请以公之树木者。

【注释】

①天际真人：语出《世说新语·容止》，指天上仙人。

木槿

木槿朝开而暮落，其为生也良苦。与其易落，何如弗开？造物生此，亦可谓不惮烦矣。有人曰：不然。木槿者，花之现身说法以儆愚蒙者也。花之一日，犹人之百年。人视人之百年，则自觉其久，视花之一日，则谓极少而极暂矣。不知人之视人，犹花之视花，人以百年为久，花岂不以一日为久乎？无一日不落之花，则无百年不死之人可知矣。此人之似花者也。乃花开花落之期虽少而暂，犹有一定不移之数，朝开暮落者，必不幻而为朝开午落，午开暮落；乃人之生死，则无一定不移之数，有不及百年而死者，有不及百年之半与百年之二三而死者；则是花之落也必焉，人之死也忽焉。使人亦如木槿之为生，至暮必落，则生前死后之事，皆可自为政矣，无如其不能也。此人之不能似花者也。人能作如是观，则木槿一花，当与萱草并树。睹萱草则能忘忧，睹木槿则能知戒。

桂

秋花之香者，莫能如桂。树乃月中之树，香亦天上之香也。但其缺陷处，则在满树齐开，不留余地。予有《惜桂》诗云："万斛黄金碾作灰，西风一阵总吹来。早知三日都狼藉，何不留将次第开？"盛极必衰，乃盈虚一定之理，凡有富贵荣华一蹴而至者，皆玉兰之为春光，丹桂之为秋色。

合欢

"合欢蠲忿"，"萱草忘忧"，皆益人情性之物，无地不宜种植。然睹萱草而忘忧，吾闻其语矣，未见其人也。对合欢而蠲忿，则不必讯之他人，凡见此花者，无不解愠成欢，破涕为笑。是萱草可以不树，而合欢则不可不栽。栽之之法，《花谱》不详，非不详也，以作谱之人，非真能合欢之人也。渔人谈稼事，农父著樵经，有约略其词而已。

凡植此树，不宜出之庭外，深闺曲房是其所也。此树朝开暮合，每至昏黄，枝叶互相交结，是名"合欢"。植之闺房者，合欢之花宜置合欢之地，如椿萱宜在承欢之所，荆棣宜在友于之场，欲其称也。此树栽于内室，则人开而树亦开，树合而人亦合。人既为之增愉，树亦因而加茂，所谓人地相宜者也。使居寂寞之境，不亦虚负此花哉？灌勿太肥，常以男女同浴之水，隔一宿而浇其根，则花之芳妍较常加倍。此予既验之法，以无心偶试而得之。如其不信，请同觅二本，一植庭外，一植闺中，一浇肥水，一浇浴汤，验其孰盛孰衰，即知予言谬不谬矣。

木芙蓉

水芙蓉之于夏，木芙蓉之于秋，可谓二季功臣矣。然水芙蓉必须池沼，“所谓伊人，在水一方”者，不可数得。茂叔之好[①]，徒有其心而已。木则随地可植。况二花之艳，相距不远。虽居岸上，如在水中，谓之秋莲可，谓之夏莲亦可，即自认为三春之花，东皇未去也亦可。凡有篱落之家，此种必不可少。如或傍水而居，隔岸不见此花者，非至俗之人，即薄福不能消受之人也。

【注释】

①茂叔之好：茂叔指周敦颐，字茂叔。北宋著名哲学家，理学的开山祖，程颐、程颢都是他的弟子。著《爱莲说》，赞美莲花的高洁不俗。

夹竹桃

夹竹桃一种，花则可取，而命名不善。以竹乃有道之士，桃则佳丽之人，道不同不相为谋，合而一之，殊觉矛盾。请易其名为“生花竹”，去一桃字，便觉相安。且松、竹、梅素称三友，松有花，梅有花，惟竹无花，可称缺典。得此补之，岂不天然凑合？亦女娲氏之五色石也。

瑞香

茂叔以莲为花之君子，予为增一敌国，曰：瑞香乃花之小人。何也？《谱》载此花“一名麝囊，能损花，宜另植”。予初不信，取而嗅之，果带麝味，麝则未有不损群花者也。同列众芳之中，即有朋侪之义，不能相资相益，而反祟之，非小人而何？幸造物处之得宜，予以不能为患之势。其开也，必于冬春之交，是时群花摇落，诸卉未荣，及见此花者，仅有梅花、水仙二种，又在成功将退之候，当其锋也未久，故罹其毒也亦不深，此造物之善用小人也。使易冬春之交而为春夏之交，则花王亦几被篡，矧下此者乎？

唐宋诸名流，无不怜香嗜色，赞以诗词者，皆以蚤春无花，得此可搔目痒，又但见其佳，而未逢其虐耳。予僭为香国平章[①]，焉得不秉公持正？宁使一小人怒而欲杀，不敢不为众君子密提防也。

【注释】

①平章：古代官名，位在宰相之上，唐、宋、元、明皆设此官。

茉莉

茉莉一花，单为助妆而设，其天生以媚妇人者乎？是花皆晓开，此独暮开。暮开者，使人不得把玩，秘之以待晓妆也。是花蒂上皆无孔，此独有孔。有孔者，非此不能受簪，天生以为立脚之地也。若是，则妇人之妆，乃天造地设之事耳。植他树皆为男子，种此花独为妇人。既为妇人，则当眷属视之矣。妻梅者，止一林逋，妻茉莉者，当遍天下而是也。

欲艺此花，必求木本。藤本一样着花，但苦经年即死，视其死而莫之救，亦仁人君子所不乐为也。木本最难过冬，予尝历验收藏之法。此花痿于寒者什一，毙于干者什九，人皆畏冻而滴水不浇，是以枯死。此见噎废食之法，有避呕逆而经时绝粒，其人尚存者乎？稍暖微浇，大寒即止，此不易之法。但收藏必于暖处，篾罩必不可无，浇不用水而用冷茶，如斯而已。予艺此花三十年，皆为燥误，如今识此，以告世人，亦其否极泰来之会也。

藤本第二

藤本之花，必须扶植。扶植之具，莫妙于从前成法之用竹屏。或方其眼，或斜其槅，因作葳蕤柱石，遂成锦绣墙垣，使内外之人，隔花阻叶，碍紫间红，可望而不可亲，此善制也。无奈近日茶坊酒肆，无一不然，有花即以植花，无花则以代壁。此习始于维扬，今日渐及他处矣。市井若此，高人韵士之居，断断不应若此。避市井者，非避市井，避其劳劳攘攘之情，锱铢必较之陋习也。见市井所有之物，如在市井之中，居处习见，能移性情，此其所以当避也。即如前人之取别号，每用川、泉、湖、宇等字，其初未尝不新，未尝不雅，迨后商贾者流，家效而户则之，以致市肆标榜之上，所书姓名非川即泉，非湖即宇，是以避俗之人，不得不去之若浼。迩来缙绅先生悉用斋、庵二字，极宜；但恐用者过多，则而效之者，又入从前标榜，是今日之斋、庵，未必不是前日之川、泉、湖、宇。虽曰名以人重，人不以名重，然亦实之宾也。已噪寰中者仍之继起，诸公似应稍变。

人问植花既不用屏，岂遂听其滋蔓于地乎？曰：不然。屏仍其故，制略新之。虽不能保后日之市廛，不又变为今日之园圃，然新得一日是一日，异得一时是一时，但愿贸易之人，并性情风俗而变之。变亦不求尽变，市井之念不可无，垄断之心不可有。觅应得之利，谋有道之生，即是人间大隐。若是，则高人韵士，皆乐得与之游矣，复何劳扰锱铢之足避哉？花屏之制有三，列于《藤本》之末。

蔷薇

结屏之花，蔷薇居首。其可爱者，则在富于种而不一其色。大约屏间之花，贵在五彩缤纷，若上下四旁皆一其色，则是佳人忌作之绣，庸工不绘之图，列于亭斋，有何意致？他种屏花，若木香、酴醾、月月红诸本，族类有限，为色不多，欲其相间，势必旁求他种。蔷薇之苗裔极繁，其色有赤，有红，有黄，有紫，甚至有黑。即红之一色，又判数等，有大红、深红、浅红、肉红、粉红之异。屏之宽者，尽其种类所有而植之，使条梗蔓延相错，花时斗丽，可傲步障于石崇。然征名考实，则皆蔷薇也。是屏花之富者，莫过于蔷薇。他种衣色虽妍，终不免于捉襟露肘。

木香

木香花密而香浓，此其稍胜蔷薇者也。然结屏单靠此种，未免冷落，势必依傍蔷薇。蔷薇宜架，木香宜棚者，以蔷薇条干之所及，不及木香之远也。木香作屋，蔷薇作垣，二者各尽其长，主人亦均收其利矣。

酴醾

酴醾之品，亚于蔷薇、木香，然亦屏间必须之物，以其花候稍迟，可续二种之不继也。“开到酴醾花事了”，每忆此句，情兴为之索然。

月月红

俗云："人无千日好，花难四季红。"四季能红者，现有此花，是欲矫俗言之失也。花能矫俗言之失，何人情反听其验乎？缀屏之花，此为第一。所苦者树不能高，故此花一名"瘦客"。然予复有用短之法，乃为市井之人强迫而成者也。法在屏制之第三幅。此花有红、白及淡红三本，结屏必须同植。

此花又名"长春"，又名"斗雪"，又名"胜春"，又名"月季"。予于种种之外，复增一名，曰"断续花"。花之断而能续，续而复能断者，只有此种。因其所开不繁，留为可继，故能绵邈若此；其余一切之不能续者，非不能续，正以其不能断耳。

姊妹花

花之命名，莫善于此。一蓓七花者曰"七姊妹"，一蓓十花者曰"十姊妹"。观其浅深红白，确有兄长娣幼之分，殆杨家姊妹现身乎？余极喜此花，二种并植，汇其名为"十七姊妹"。但怪其蔓延太甚，溢出屏外，虽日刈月除，其势犹不可遏。岂党与过多，酿成不戢之势欤？此无他，皆同心不妒之过也，妒则必无是患矣。故善御女戎者，妙在使之能妒。

玫瑰

花之有利于人，而无一不为我用者，芰荷是也；花之有利于人，而我无一不为所奉者，玫瑰是也。芰荷利人之说，见于本传。玫瑰之利，同于芰荷，而令人可亲可溺，不忍暂离，则又过之。群花止能娱目，此则口眼鼻舌以至肌体毛发，无一不在所奉之中。可囊可食，可嗅可观，可插可戴，是能忠臣其身，而又能媚子其术者也。花之能事，毕于此矣。

素馨

素馨一种，花之最弱者也，无一枝一茎不需扶植，予尝谓之"可怜花"。

凌霄

藤花之可敬者，莫若凌霄。然望之如天际真人，卒急不能招致，是可敬亦可恨也。欲得此花，必先蓄奇石古木以待，不则无所依附而不生，生亦不大。予年有几，能为奇石古木之先辈而蓄之乎？欲有此花，非入深山不可。行当即之，以舒此恨。

真珠兰

此花与叶，并不似兰，而以兰名者，肖其香也。即香味亦稍别，独有一节似之：兰花之香，与之习处者不觉，骤遇始闻之，疏而复亲始闻之，是花亦然。此其所以名兰也。闽、粤有木兰，树大如桂，花亦似之，名不附桂而附兰者，亦以其香隐而不露，耐久闻而不耐急嗅故耳。凡人骤见而即觉其可亲者，乃人中之玫瑰，非友中之芝兰也。

草本第三

草本之花，经霜必死；其能死而不死，交春复发者，根在故也。常闻有花不待时，先期使开之法，或用沸水浇根，或以硫磺代土，开则开矣，花一败而树随之，根亡故也。然则人之荣枯显晦，成败利钝，皆不足据，但询其根之无恙否耳。根在，则虽处厄运，犹如霜后之花，其复发也，可坐而待也；如其根之或亡，则虽处荣肮显耀之境，犹之奇葩烂目，总非自开之花，其复发也，恐不能坐而待矣。予谈草木，辄以人喻。岂好为是哓哓者哉？世间万物，皆为人设。观感一理，备人观者，即备人感。天之生此，岂仅供耳目之玩、情性之适而已哉？

芍药

芍药与牡丹媲美，前人署牡丹以“花王”，署芍药以“花相”，冤哉！予以公道论之。天无二日，民无二王，牡丹正位于香国，芍药自难并驱。虽别尊卑，亦当在五等诸侯之列，岂王之下，相之上，遂无一位一座，可备酬功之用者哉？历翻种植之书，非云“花似牡丹而狭”，则曰“子似牡丹而小”。由是观之，前人评品之法，或由皮相而得之。噫！人之贵贱美恶，可以长短肥瘦论乎？每于花时奠酒，必作温言慰之曰：“汝非相材也，前人无识，谬署此名，花神有灵，付之勿较，呼牛呼马，听之而已。”予于秦之巩昌，携牡丹、芍药各数十种而归，牡丹活者颇少，幸此花无恙，不虚负戴之劳。岂人为知己死者，花反为知己生乎？

兰

“兰生幽谷，无人自芳”，是已。然使幽谷无人，兰之芳也，谁得而知之？谁得而知之？其为兰也，亦与萧艾同腐而已矣。“如入芝兰之室，久而不闻其香”，是已。然既不闻其香，与无兰之室何异？虽有若无，非兰之所以自处，亦非人之所以处兰也。吾谓芝兰之性，毕竟喜人相俱，毕竟以人闻香气为乐。文人之言，只顾赞扬其美，而不顾其性之所安，强半皆若是也。

然相俱贵乎有情，有情务在得法；有情而得法，则坐芝兰之室，久而愈闻其香。兰生幽谷与处曲房，其幸不幸相去远矣。兰之初着花时，自应易其坐位，外者内之，远者近之，卑者尊之；非前倨而后恭，人之重兰非重兰也，重其花也，叶则花之舆从而已矣。居处一室，则当美其供设，书画炉瓶，种种器玩，皆宜森列其旁。但勿焚香，香薰即谢。匪妒也，此花性类神仙，怕亲烟火，非忌香也，忌烟火耳。若是，则位置提防之道得矣。然皆情也，非法也，法则专为闻香。“如入芝兰之室，久而不闻其香”者，以其知入而不知出也，出而再入，则后来之香，倍乎前矣。故有兰之室不应久坐，另设无兰者一间，以作退步，时退时进，进多退少，则刻刻有香，虽坐无兰之室，若依倩女之魂。是法也，而情在其中矣。如止有此室，则以门外作退步，或往行他事，事毕而入，以无意得之者，其香更甚。此予消受兰香之诀，秘之终身，而泄于一旦，殊可惜也。此法不止消受兰香，凡属有花房舍，皆应若是。即焚香之室亦然，久坐其间，与未尝焚香者等也。门上布帘，必不可少，护持香气，全赖乎此。若止靠门扇开闭，则门开尽泄，无复一线之留矣。

蕙

蕙之与兰，犹芍药之与牡丹，相去皆止一间耳。而世之贵兰者必贱蕙，皆执成见、泥成心也。人谓蕙之花不如兰，其香亦逊。吾谓蕙诚逊兰，但其所以逊兰者，不在花与香而在叶，犹芍药之逊牡丹者，亦不在花与香而在梗。牡丹系木本之花，其开也，高悬枝梗之上，得其势，则能壮其威仪，是花王之尊，尊于势也。芍药出于草本，仅有叶而无枝，不得一物相扶，则委而仆于地矣。官无舆从，能自壮其威乎？蕙兰之不相敌也反是。芍药之叶苦其短，蕙之叶偏苦其长；芍药之叶病其太瘦，蕙之叶翻病其太肥。当强者弱，而当弱者强，此其所以不相称，而大逊于兰也。

兰蕙之开，时分先后。兰终蕙继，犹芍药之嗣牡丹，皆所谓兄终弟及，欲废不能者也。善用蕙者，全在留花去叶，痛加剪除，择其稍狭而近弱者，十存二三；又皆截之使短，去两角而尖之，使与兰叶相若，则是变蕙成兰，而与“强干弱枝”之道合矣。

水仙

水仙一花，予之命也。予有四命，各司一时：春以水仙、兰花为命，夏以莲为命，秋以秋海棠为命，冬以蜡梅为命。无此四花，是无命也；一季缺予一花，是夺予一季之命也。

水仙以秣陵为最，予之家于秣陵，非家秣陵，家于水仙之乡也。记丙午之春，先以度岁无资，衣囊质尽，迨水仙开时，则为强弩之末，索一钱不得矣。欲购无资，家人曰：“请已之。一年不看此花，亦非怪事。”予曰：“汝欲夺吾命乎？宁短一岁之寿，勿减一岁之花。且予自他乡冒雪而归，就水仙也，不看水仙，是何异于不返金陵，仍在他乡卒岁乎？”家人不能止，听予质簪珥购之。

予之钟爱此花，非痴癖也。其色其香，其茎其叶，无一不异群葩，而予更取其善媚。妇人中之面似桃，腰似柳，丰如牡丹、芍药，而瘦比秋菊、海棠者，在在有之；若如水仙之淡而多姿，不动不摇，而能作态者，吾实未之见也。以“水仙”二字呼之，可谓摹写殆尽。使吾得见命名者，必颓然下拜。

不特金陵水仙为天下第一，其植此花而售于人者，亦能司造物之权，欲其早则早，命之迟则迟，购者欲于某日开，则某日必开，未尝先后一日。及此花将谢，又以迟者继之，盖以下种之先后为先后也。至买就之时，给盆与石而使之种，又能随手布置，即成画图，皆风雅文人所不及也。岂此等末技，亦由天授，非人力邪？

芙蕖

芙蕖与草本诸花，似觉稍异；然有根无树，一岁一生，其性同也。《谱》云：“产于水者曰草芙蓉，产于陆者曰旱莲。”则谓非草本不得矣。予夏季倚此为命者，非故效颦于茂叔，而袭成说于前人也。以芙蕖之可人，其事不一而足，请备述之。

群葩当令时，只在花开之数日，前此后此，皆属过而不问之秋矣，芙蕖则不然。自荷钱出水之日，便为点缀绿波，及其劲叶既生，则又日高一日，日上日妍，有风既作飘飖之态，无风亦呈袅娜之姿，是我于花之未开，先享无穷逸致矣。迨至菡萏成花，娇姿欲滴，后先相继，自夏徂秋，此时在花为分内之事，在人为应得之资者也。及花之既谢，亦可告无罪于主人矣，乃复蒂下生蓬，蓬中结实，亭亭独立，犹似未开之花，与翠叶并擎，不至白露为霜，而能事不已。此皆言其可目者也。可鼻则有荷叶之清香，荷花之异馥，避暑而暑为之退，纳凉而凉逐之生。至其可人之口者，则莲实与藕，皆并列盘餐，而互芬齿颊者也。只有霜中败叶，零落难堪，似成弃物矣，乃摘而藏之，又备经年裹物之用。是芙蕖也者，无一时一刻，不适耳目之观；无一物一丝，不备家常之用者也。有五谷之实，而不有其名；兼百花之长，而各去其短。种植之利，有大于此者乎？

予四命之中，此命为最。无如酷好一生，竟不得半亩方塘，为安身立命之地；仅凿斗大一池，植数茎以塞责，又时病其漏，望天乞水以救之。殆所谓不善养生，而草菅其命者哉。

罂粟

花之善变者，莫如罂粟，次则数葵，余皆守故不迁者矣。艺此花如蓄豹，观其变也。牡丹谢而芍药继之，芍药谢而罂粟继之，皆繁之极、盛之至者也。欲续三葩，难乎其为继矣。

葵

花之易栽易盛，而又能变化不穷者，止有一葵。是事半于罂粟，而数倍其功者也。但叶之肥大可憎，更甚于蕙。俗云："牡丹虽好，绿叶扶持。"人谓树之难好者在花，而不知难者反易。古今来不乏明君，所不可必得者，忠良之佐耳。

萱

萱花一无可取，植此同于种菜，为口腹计则可耳。至云对此可以忘忧，佩此可以宜男，则千万人试之，无一验者。书之不可尽信，类如此矣。

鸡冠

予有《收鸡冠花子》一绝云："指甲搔花碎紫雯，虽非异卉也芳芬。时防撒却还珍惜，一粒明年一朵云。"此非溢美之词，道其实也。花之肖形者尽多，如绣球、玉簪、金钱、蝴蝶、剪春罗之属，皆能酷似，然皆尘世中物也；能肖天上之形者，独有鸡冠花一种。氤氲其象而叆叇其文，就上观之，俨然庆云一朵。乃当日命名者，舍天上极美之物，而搜索人间。鸡冠虽肖，然而贱视花容矣，请易其字，曰"一朵云"。此花有红、紫、黄、白四色，红者为"红云"，紫者为"紫云"，黄者为"黄云"，白者为"白云"。又有一种五色者，即名为"五色云"。以上数者，较之"鸡冠"，谁荣谁辱？花如有知，必将德我。

玉簪

花之极贱而可贵者，玉簪是也。插入妇人髻中，孰真孰假，几不能辨，乃闺阁中必需之物。然留之弗摘，点缀篱间，亦似美人之遗。呼作“江皋玉佩[①]”，谁曰不可？

【注释】

①江皋玉佩：汉刘向《列仙传》记载江妃二女游于江汉之滨，遇郑交甫，赠给他自己所携带的玉佩，郑交甫行数十步，玉佩与仙女都不见了。

凤仙

凤仙，极贱之花，此宜点缀篱落，若云备染指甲之用，则大谬矣。纤纤玉指，妙在无瑕，一染猩红，便称俗物。况所染之红，又不能尽在指甲，势必连肌带肉而丹之。迨肌肉褪清之后，指甲又不能全红，渐长渐退，而成欲谢之花矣。始作俑者，其俗物乎？

金钱

金钱、金盏、剪春罗、剪秋罗诸种，皆化工所作之小巧文字。因牡丹、芍药一开，造物之精华已竭，欲续不能，欲断不可，故作轻描淡写之文，以延其脉。吾观于此，而识造物纵横之才力亦有穷时，不能似源泉混混，愈涌而愈出也。

合一岁所开之花，可作天工一部全稿。梅花、水仙，试笔之文也，其气虽雄，其机尚涩，故花不甚大，而色亦不甚浓。开至桃、李、棠、杏等花，则文心怒发，兴致淋漓，似有不可阻遏之势矣；然其花之大犹未甚，浓犹未至者，以其思路纷驰而不聚，笔机过纵而难收，其势之不可阻遏者，横肆也，非纯熟也。迨牡丹、芍药一开，则文心笔致俱臻化境，收横肆而归纯熟，舒蓄积而罄光华，造物于此，可谓使才务尽，不留丝发之余矣。然自识者观之，不待终篇而知其难继。何也？世岂有开至树不能载、叶不能覆之花，而尚有一物焉高出其上、大出其外者乎？有开至众彩俱齐、一色不漏之花，而尚有一物焉红过于朱、白过于雪者乎？斯时也，使我为造物，则必善刀而藏矣。

乃天则未肯告乏也，夏欲试其技，则从而荷之；秋欲试其技，则从而菊之；冬则计穷力竭，尽可不花，而犹作蜡梅一种以塞责之。数卉者，可不谓之芳妍尽致，足殿群芳者乎？然较之春末夏初，则皆强弩之末矣。至于金钱、金盏、剪春罗、剪秋罗、滴滴金、石竹诸花，则明知精力不继，篇帙寥寥，作此以塞纸尾，犹人诗文既尽，附以零星杂著者是也。由是观之，造物者极欲骋才，不肯自惜其力之人也；造物之才，不可竭而可竭，可竭而终不可竟竭者也。究竟一部全文，终病其后来稍弱。其不能弱始劲终者，气使之然，作者欲留余地而不得也。

吾谓才人著书，不应取法于造物，当秋冬其始，而春夏其终，则是能以蔗境行文，而免于江淹才尽之诮矣。

蝴蝶花

此花巧甚。蝴蝶，花间物也，此即以蝴蝶为花。是一是二，不知周之梦为蝴蝶欤？蝴蝶之梦为周欤？非蝶非花，恰合庄周梦境。

菊

菊花者，秋季之牡丹、芍药也。种类之繁衍同，花色之全备同，而性能持久复过之。从来种植之书，是花皆略，而叙牡丹、芍药与菊者独详。人皆谓三种奇葩，可以齐观等视，而予独判为两截，谓有天工人力之分。何也？牡丹、芍药之美，全仗天工，非由人力。植此二花者，不过冬溉以肥，夏浇为湿，如是焉止矣。其开也，烂漫芬芳，未尝以人力不勤，略减其姿而稍俭其色。菊花之美，则全仗人力，微假天工。艺菊之家，当其未入土也，则有治地酿土之劳，既入土也，则有插标记种之事。是萌芽未发之先，已费人力几许矣。迨分秧植定之后，劳瘁万端，复从此始；防燥也，虑湿也，摘头也，掐叶也，芟蕊也，接枝也，捕虫掘蚓以防害也，此皆花事未成之日，竭尽人力以俟天工者也。即花之既开，亦有防雨避霜之患，缚枝系蕊之勤，置盏引水之烦，染色变容之苦，又皆以人力之有余，补天工之不足者也。为此一花，自春徂秋，自朝迄暮，总无一刻之暇。必如是，其为花也，始能丰丽而美观，否则同于婆娑野菊，仅堪点缀疏篱而已。若是，则菊花之美，非天美之，人美之也。人美之而归功于天，使与不费辛勤之牡丹、芍药齐观等视，不几恩怨不分，而公私少辨乎？吾知敛翠凝红而为沙中偶语[①]者，必花神也。

自有菊以来，高人逸士无不尽吻揄扬，而予独反其说者，非与渊明作敌国。艺菊之人终岁勤动，而不以胜天之力予之，是但知花好，而昧所从来。饮水忘源，并置汲者于不问，其心安乎？从前题咏诸公，皆若是也。予创是说，为秋花报本，乃深于爱菊，非薄之也。

予尝观老圃之种菊，而慨然于修士之立身与儒者之治业。使能以种菊之无逸者砺其身心，则焉往而不为圣贤？使能以种菊之有恒者攻吾举业，则何虑其不掇青紫[②]？乃士人爱身爱名之心，终不能如老圃之爱菊，奈何！

【注释】

①沙中偶语：典出《史记·留侯世家》："六年，上已封大功臣二十余人，其余日夜争功不决，未得行封。上在洛阳南宫，从复道望见诸将，往往相与坐沙中语。上曰：'此何语？'留侯曰：'陛下不知乎？此谋反耳。'"此处借指花神暗中评判花的好坏。②青紫：本指古时公卿服饰，此处代指高官显爵。

菜

菜为至贱之物，又非众花之等伦，乃《草本》《藤本》中反有缺遗，而独取此花殿后，无乃贱群芳而轻花事乎？曰：不然。菜果至贱之物，花亦卑卑不数之花，无如积至贱至卑者而至盈千累万，则贱者贵而卑者尊矣。"民为贵，社稷次之，君为轻"者，非民之果贵，民之至多至盛为可贵也。园圃种植之花，自数朵以至数十百朵而止矣，有至盈阡溢亩，令人一望无际者哉？曰：无之。无则当推菜花为盛矣。一气初盈，万花齐发，青畴白壤，悉变黄金，不诚洋洋乎大观也哉！当是时也，呼朋拉友，散步芳塍，香风导酒客寻帘，锦蝶与游人争路，郊畦之乐，什佰园亭，惟菜花之开，是其候也。

众卉第四

草木之类，各有所长，有以花胜者，有以叶胜者。花胜则叶无足取，且若赘疣，如葵花、蕙草之属是也。叶胜则可以无花，非无花也，叶即花也，天以花之丰神色泽归并于叶而生之者也。不然，绿者叶之本色，如其叶之，则亦绿之而已矣，胡以为红，为紫，为黄，为碧，如老少年、美人蕉、天竹、翠云草诸种，备五色之陆离，以娱观者之目乎？即其青之绿之，亦不同于有花之叶，另具一种芳姿。是知树木之美，不定在花，犹之丈夫之美者，不专主于有才；而妇人之丑者，亦不尽在无色也。观群花令人修容，观诸卉则所饰者不仅在貌。

芭蕉

幽斋但有隙地，即宜种蕉。蕉能韵人而免于俗，与竹同功。王子猷偏厚此君，未免挂一漏一。蕉之易栽，十倍于竹，一二月即可成荫。坐其下者，男女皆入画图，且能使合榭轩窗尽染碧色，"绿天①"之号，洵不诬也。竹可镌诗，蕉可作字，皆文士近身之简牍。乃竹上止可一书，不能削去再刻；蕉叶则随书随换，可以日变数题，尚有时不烦自洗，雨师代拭者，此天授名笺，不当供怀素一人之用。予有题蕉绝句云："万花题遍示无私，费尽春来笔墨资。独喜芭蕉容我俭，自舒晴叶待题诗。"此芭蕉实录也。

【注释】

①绿天：种芭蕉用芭蕉叶写字的唐代书法家怀素将自己的住所命名为"绿天庵"。

翠云

草色之最蒨者，至翠云而止。非特草木为然，尽世间苍翠之色，总无一物可以喻之，惟天上彩云，偶一幻此。是知善着色者惟有化工，即与倾国佳人眉上之色并较浅深，觉彼犹是画工之笔，非化工之笔也。

虞美人

虞美人花叶并娇，且动而善舞，故又名"舞草"。《谱》云："人或抵掌歌《虞美人》曲，即叶动如舞。"予曰：舞则有之，必歌《虞美人》曲，恐未必尽然。盖歌舞并行之事，一姬试舞，从姬必歌以助之，闻歌即舞，势使然也。若谓必歌《虞美人》曲，则此曲能歌者几？歌稀则和寡，此草亦得借口藏其拙矣。

书带草

书带草其名极佳，苦不得见。《谱》载出淄川城北郑康成读书处，名“康成书带草”。噫！康成雅人，岂作王戎钻核故事，不使种传别地耶？康成婢子知书，使天下婢子皆不知书，则此草不可移，否则处处堪栽也。

老少年

此草一名“雁来红”，一名“秋色”，一名“老少年”，皆欠妥切。雁来红者，尚有蓼花一种；经秋弄色者又不一而足，皆属泛称；惟“老少年”三字相宜，而又病其俗。予尝易其名曰“还童草”，似觉差胜。此草中仙品也，秋阶得此，群花可废。此草植之者繁，观之者众，然但知其一，未知其二，予尝细玩而得之。盖此草不特于一岁之中，经秋更媚，即一日之中，亦到晚更媚，总之后胜于前，是其性也。此意向矜独得，及阅徐竹隐①诗，有“叶从秋后变，色向晚来红”一联，不知确有所见如予，知其晚来更媚乎？抑下句仍同上句，其晚亦指秋乎？难起九原而问之，即谓先予一着可也。

【注释】

①徐竹隐：徐似道，字渊子，号竹隐，少负才名，宋乾道二年进士。

天竹

竹无花而以夹竹桃代之，竹不实而以天竹补之，皆是可以不必然而强为蛇足之事。然蛇足之形自天生之，人亦不尽任咎也。

虎刺

“长盆栽虎刺，宣石作峰峦。”布置得宜，是一幅案头山水。此虎丘卖花人长技也，不可谓非化工手笔。然购者于此，必熟视其为原盆与否。是卉皆可新移，独虎刺必须久植，新移旋踵者百无一活，不可不知。

苔

苔者，至贱易生之物，然亦有时作难：遇阶砌新筑，冀其速生者，彼必故意迟之，以示难得。予有《养苔》诗云：“汲水培苔浅却池，邻翁尽日笑人痴。未成斑藓浑难待，绕砌频呼绿拗儿。”然一生之后，又令人无可奈何矣。

萍

杨入水为萍，是花中第一怪事。花已谢而辞树，其命绝矣，乃又变为一物，其生方始，殆一物而两现其身者乎？人以杨花喻命薄之人，不知其命之厚也，较天下万物为独甚。吾安能身作杨花，而居水陆二地之胜乎？

水上生萍，极多雅趣；但怪其弥漫太甚，充塞池沼，使水居有如陆地，亦恨事也。有功者不能无过，天下事其尽然哉？

竹木第五

竹木者何？树之不花者也。非尽不花，其见用于世者，在此不在彼，虽花而犹之弗花也。花者，媚人之物，媚人者损己，故善花之树多不永年，不若椅桐梓漆之朴而能久。然则树即树耳，焉如花为？善花者曰：“彼能无求于世则可耳，我则不然。雨露所同也，灌溉所独也；土壤所同也，肥泽所独也。子不见尧之水、汤之旱乎？如其雨露或竭，而土不能滋，则奈何？盍舍汝所行而就我？”不花者曰：“是则不能，甘为竹木而已矣。”

竹

俗云：“早间种树，晚上乘凉。”喻词也。予于树木中求一物以实之，其惟竹乎！种树欲其成荫，非十年不可，最易活者莫如杨柳，求其荫可蔽日，亦须数年。惟竹不然，移入庭中，即成高树，能令俗人不舍，不转盼而成高士之庐。神哉此君，真医国手也！

种竹之方，旧传有诀云："种竹无时，雨过便移，多留宿土，记取南枝。"予悉试之，乃不可尽信之书也。三者之内，惟一可遵，"多留宿土"是也。移树最忌伤根，土多则根之盘曲如故，是移地而未尝移土，犹迁人者并其卧榻而迁之，其人醒后尚不自知其迁也。若俟雨过方移，则沾泥带水，有几许未便。泥湿则松，水沾则濡，我欲留土，其如土湿而苏，随锄随散之，不可留何？且雨过必晴，新移之竹，晒则叶卷，一卷即非活兆矣。予易其词曰："未雨先移。"天甫阴而雨犹未下，乘此急移，则宿土未湿，又复带潮，有如胶似漆之势，我欲多留，而土能随我，先据一筹之胜矣。且栽移甫定而雨至，是雨为我下，坐而受之，枝叶根本，无一不沾滋润之利。最忌者日，而日不至；最喜者雨，而雨即来。去所忌而投以喜，未有不欣欣向荣者。此法不止种竹，是花是木皆然。

至于"记取南枝"一语，尤难遵奉。移竹移花，不易其向，向南者仍使向南，自是草木之幸。然移草木就人，当随人便，不能尽随草木之便。无论是花是竹，皆有正面，有反面，正面向人，反面向空隙，理也。使记南枝而与人相左，犹娶新妇进门，而听其终年背立，有是理乎？故此语只当不说，切勿泥之。总之，移花种竹只有四字当记："宜阴忌日"是也。琐琐繁言，徒滋疑扰。

松柏

"苍松古柏"，美其老也。一切花竹，皆贵少年，独松、柏与梅三物，则贵老而贱幼。欲受三老之益者，必买旧宅而居。若俟手栽，为儿孙计则可，身则不能观其成也。求其可移而能就我者，纵使极大，亦是五更，非三老矣[①]。予尝戏谓诸后生曰："欲作画图中人，非老不可。三五少年，皆贱物也。"后生询其故。予曰："不见画山水者，每及人物，必作扶笻曳杖之形，即坐而观山临水，亦是老人矍铄之状。从来未有俊美少年厕于其间者。少年亦有，非携琴捧画之流，即挈盒持樽之辈，皆奴隶于画中者也。”后生辈欲反证予言，卒无其据。引此以喻松柏，可谓合伦。如一座园亭，所有者皆时花弱卉，无十数本老成树木主宰其间，是终日与儿女子习处，无从师会友时矣。名流作画，肯若是乎？噫！予持此说一生，终不得与老成为伍，乃今年已入画，犹日坐儿女丛中。殆以花木为我，而我为松柏者乎？

【注释】

①五更、三老：古代对德高望重的老人的尊称。五更的地位低于三老。

梧桐

梧桐一树，是草木中一部编年史也。举世习焉不察，予特表而出之。花木种自何年？为寿几何岁？询之主人，主人不知；询之花木，花木不答。谓之“忘年交”则可，予以“知时达务”，则不可也。梧桐不然，有节可纪，生一年，纪一年。树有树之年，人即纪人之年，树小而人与之小，树大而人随之大，观树即所以观身。《易》曰：“观我生进退。”欲观我生，此其资也。

予垂髫种此，即于树上刻诗以纪年，每岁一节，即刻一诗，惜为兵燹所坏，不克有终。犹记十五岁刻桐诗云：“小时种梧桐，桐叶小于艾。簪头刻小诗，字瘦皮不坏。刹那三五年，桐大字亦大。桐字已如许，人大复何怪。还将感叹词，刻向前诗外。新字日相催，旧字不相待。顾此新旧痕，而为悠忽戒。”此予婴年著作，因说梧桐，偶尔记及，不则竟忘之矣。即此一事，便受梧桐之益。然则编年之说，岂欺人语乎？

槐榆

树之能为荫者，非槐即榆。《诗》云：“於我乎，夏屋渠渠。”此二树者，可以呼为“夏屋”，植于宅旁，与肯堂肯构无别。人谓夏者，大也，非时之所谓夏也。予曰：古人以厦为大者，非无取义。夏日之屋，非大不凉，与三时有别，故名厦为屋。训夏以大，予特未之详耳。

柳

柳贵乎垂，不垂则可无柳。柳条贵长，不长则无袅娜之致，徒垂无益也。此树为纳蝉之所，诸鸟亦集。长夏不寂寞，得时闻鼓吹者，是树皆有功，而高柳为最。总之，种树非止娱目，兼为悦耳。目有时而不娱，以在卧榻之上也；耳则无时不悦。

鸟声之最可爱者，不在人之坐时，而偏在睡时。鸟音宜晓听，人皆知之；而其独宜于晓之故，人则未之察也。鸟之防弋，无时不然。卯辰以后，是人皆起，人起而鸟不自安矣。虑患之念一生，虽欲鸣而不得，鸣亦必无好音，此其不宜于昼也。晓则是人未起，即有起者，数亦寥寥，鸟无防患之心，自能毕其能事，且扪舌一夜，技痒于心，至此皆思调弄，所谓“不鸣则已，一鸣惊人”者是也，此其独宜于晓也。庄子非鱼，能知鱼之乐；笠翁非鸟，能识鸟之情。凡属鸣禽，皆当呼予为知己。

种树之乐多端，而其不便于雅人者亦有一节：枝叶繁冗，不漏月光。隔婵娟而不使见者，此其无心之过，不足责也。然匪树木无心，人无心耳。使于种植之初，预防及此，留一线之余天，以待月轮出没，则昼夜均受其利矣。

黄杨

黄杨每岁长一寸，不溢分毫，至闰年反缩一寸，是天限之木也。植此宜生怜悯之心。予新授一名曰“知命树”。天不使高，强争无益，故守困厄为当然。冬不改柯，夏不易叶，其素行原如是也。使以他木处此，即不能高，亦将横生而至大矣；再不然，则以才不得展而至瘁，弗复自永其年矣。困于天而能自全其天，非知命君子能若是哉？最可悯者，岁长一寸是已；至闰年反缩一寸，其义何居？岁闰而我不闰，人闰而己不闰，已见天地之私；乃非止不闰，又复从而刻之，是天地之待黄杨，可谓不仁之至，不义之甚者矣。乃黄杨不憾天地，枝叶较他木加荣，反似德之者，是知命之中又知命焉。莲为花之君子，此树当为木之君子。莲为花之君子，茂叔知之；黄杨为木之君子，非稍能格物之笠翁，孰知之哉？

棕榈

树直上而无枝者，棕榈是也。予不奇其无枝，奇其无枝而能有叶。植于众芳之中，而下不侵其地、上不蔽其天者，此木是也。较之芭蕉，大有克己妨人之别。

枫柏

草之以叶为花者，翠云、老少年是也；木之以叶为花者，枫与柏是也。枫之丹，柏之赤，皆为秋色之最浓。而其所以得此者，则非雨露之功，霜之力也。霜于草木，亦有有功之时，其不肯数数见者，虑人之狎之也。枯众木独荣二木，欲示德威之一斑耳。

冬青

冬青一树，有松柏之实而不居其名；有梅竹之风而不矜其节，殆“身隐焉文”之流亚欤？然谈傲霜砺雪之姿者，从未闻一人齿及。是之推不言禄，而禄亦不及。予窃忿之，当易其名为“不求人知树”。

颐养部

行乐第一

伤哉！造物生人一场，为时不满百岁。彼夭折之辈无论矣，姑就永年者道之，即使三万六千日尽是追欢取乐时，亦非无限光阴，终有报罢之日。况此百年以内，有无数忧愁困苦、疾病颠连、名缰利锁、惊风骇浪，阻人燕游，使徒有百岁之虚名，并无一岁二岁享生人应有之福之实际乎！又况此百年以内，日日死亡相告，谓先我而生者死矣，后我而生者亦死矣，与我同庚比算、互称弟兄者又死矣。噫！死是何物，而可知凶不讳，日令不能无死者惊见于目，而怛闻于耳乎？是千古不仁，未有甚于造物者矣。虽然，殆有说焉。不仁者，仁之至也。知我不能无死，而日以死亡相告，是恐我也。恐我者，欲使及时为乐，当视此辈为前车也。康对山[①]构一园亭，其地在北邙山[②]麓，所见无非丘陇。客讯之曰："日对此景，令人何以为乐？"对山曰："日对此景，乃令人不敢不乐。"达哉斯言！予尝以铭座右。兹论养生之法，而以行乐先之；劝人行乐，而以死亡怵之，即祖是意。欲体天地至仁之心，不能不蹈造物不仁之迹。

养生家授受之方，外借药石，内凭导引，其借口颐生而流为放辟邪侈者，则曰"比家"。三者无论邪正，皆术士之言也。予系儒生，并非术士。术士所言者术，儒家所凭者理。《鲁论·乡党》一篇，半属养生之法。予虽不敏，窃附于圣人之徒，不敢为诞妄不经之言以误世。有怪此卷以颐养命名，而觅一丹方不得者，予以空疏谢之。又有怪予著《饮馔》一篇，而未及烹饪之法，不知酱用几何，醋用几何，醝椒香辣用几何者。予曰："果若是，是一庖人而已矣，乌足重哉！"人曰："若是，则《食物志》《尊生笺》《卫生录》等书，何以备列此等？"予曰："是诚庖人之书也。士各明志，人有弗为。"

【注释】

①康对山：康海，字海涵，号对山。明代武功人，弘治进士第一，授修撰。②北邙山：在今河南洛阳市东北。汉魏以来，王侯公卿的葬地多在于此，后以此泛称墓地。

贵人行乐之法

人间至乐之境，惟帝王得以有之；下此则公卿将相，以及群辅百僚，皆可以行乐之人也。然有万几在念，百务萦心，一日之内，除视朝听政、放衙理事、治人事神、反躬修己之外，其为行乐之时有几？曰：不然。乐不在外而在心。心以为乐，则是境皆乐，心以为苦，则无境不苦。身为帝王，则当以帝王之境为乐境；身为公卿，则当以公卿之境为乐境。凡我分所当行，推诿不去者，即当摈弃一切悉视为苦，而专以此事为乐。谓我为帝王，日有万几之冗，其心则诚劳矣，然世之艳慕帝王者，求为片刻而不能，我之至劳，人之所谓至逸也。为公卿将相、群辅百僚者，居心亦复如是，则不必于视朝听政、放衙理事、治人事神、反躬修己之外，别寻乐境，即此得为之地，便是行乐之场。一举笔而安天下，一矢口而遂群生，以天下群生之乐为乐，何快如之？若于此外稍得清闲，再享一切应有之福，则人皇可比玉皇，俗吏竟成仙吏，何蓬莱三岛之足羡哉！此术非他，盖用吾家老子"退一步"法。以不如己者视己，则日见可乐；以胜于己者视己，则时觉可忧。

从来人君之善行乐者，莫过于汉之文、景；其不善行乐者，莫过于武帝。以文、景于帝王应行之外，不多一事，故觉其逸；武帝则好大喜功，且薄帝王而慕神仙，是以徒见其劳。人臣之善行乐者，莫过于唐之郭子仪；而不善行乐者，则莫如李广。子仪既拜汾阳王，志愿已足，不复他求，故能极欲穷奢，备享人臣之福；李广则耻不如人，必欲封侯而后已，是以独当单于，卒致失道后期而自刭。故善行乐者，必先知足。二疏[1]云："知足不辱，知止不殆。"不辱不殆，至乐在其中矣。

【注释】

①二疏：指西汉的疏广、疏受两叔侄，官至太傅、少傅，年老后辞官闲居，

每日以与宾客行乐为事。

富人行乐之法

劝贵人行乐易，劝富人行乐难。何也？财为行乐之资，然势不宜多，多则反为累人之具。华封人祝帝尧富寿多男，尧曰："富则多事。"华封人曰："富而使人分之，何事之有？"由是观之，财多不分，即以唐尧之圣、帝王之尊，犹不能免多事之累，况德非圣人而位非帝王者乎？陶朱公[①]屡致千金，屡散千金，其致而必散，散而复致者，亦学帝尧之防多事也。兹欲劝富人行乐，必先劝之分财；劝富人分财，其势同于拔山超海[②]，此必不得之数也。财多则思运，不运则生息不繁。然不运则已，一运则经营惨淡，坐起不宁，其累有不可胜言者。财多必善防，不防则为盗贼所有，而且以身殉之。然不防则已，一防则惊魂四绕，风鹤皆兵，其恐惧觳觫之状，有不堪目睹者。且财多必招忌。语云："温饱之家，众怨所归。"以一身而为众射之的，方且忧伤虑死之不暇，尚可与言行乐乎哉？甚矣，财不可多，多之为累，亦至此也。

然则富人行乐，其终不可冀乎？曰：不然。多分则难，少敛则易。处比户可封之世，难于售恩；当民穷财尽之秋，易于见德。少课锱铢之利，穷民即起颂扬；略蠲升斗之租，贫佃即生歌舞。本偿而子息未偿，因其贫也而贳之，一券才焚，即噪冯驩[③]之令誉；赋足而国用不足，因其匮也而助之，急公偶试，即来卜式[④]之美名。果如是，则大异于今日之富民，而又无损于本来之故我。觊觎者息而仇怨者稀，是则可言行乐矣。其为乐也，亦同贵人，可不必于持筹握算之外，别寻乐境，即此宽租减息、仗义急公之日，听贫民之欢欣赞颂，即当两部鼓吹；受官司之奖励称扬，便是百年华衮。荣莫荣于此，乐亦莫乐于此矣。至于悦色娱声、眠花藉柳、构堂建厦、啸月嘲风诸乐事，他人欲得，所患无资，业有其资，何求弗遂？是同一富也，昔为最难行乐之人，今为最易行乐之人。即使帝尧不死，陶朱现在，彼丈夫也，我丈夫也，吾何畏彼哉？去其一念之刻而已矣。

【注释】

①陶朱公：即范蠡。助勾践灭吴后，改名易姓，在陶经商，称陶朱公。十九年中三次获得千金的产业，又三次分给贫穷的朋友和亲戚。②拔山超海：语出《孟子·梁惠王》："挟泰山以超北海。"③冯驩：战国齐人，孟尝君门下食客。曾替孟尝君到薛城收债，他把欠债的人悉数招来，经核对债券无误，诈称孟尝君有意免除大家的债务，就烧掉了所有的债券，从而为孟尝君收买了人心。④卜式：以畜牧致大富，汉武帝与匈奴开战，国用不足之时，他多次捐款，被任为中郎，后升至御史大夫。

贫贱行乐之法

穷人行乐之方，无他秘巧，亦止有退一步法。我以为贫，更有贫于我者；我以为贱，更有贱于我者；我以妻子为累，尚有鳏寡孤独之民，求为妻子之累而不能者；我以胼胝为劳，尚有身系狱廷，荒芜田地，求安耕凿之生而不可得者。以此居心，则苦海尽成乐地。如或向前一算，以胜己者相衡，则片刻难安，种种桎梏幽囚之境出矣。

一显者旅宿邮亭，时方溽暑，帐内多蚊，驱之不出，因忆家居时堂宽似宇，簟冷如冰，又有群姬握扇而挥，不复知其为夏，何遽困厄至此！因怀至乐，愈觉心烦，遂致终夕不寐。一亭长露宿阶下，为众蚊所啮，几至露筋，不得已而奔走庭中，俾四体动而弗停，则啮人者无由厕足；乃形则往来仆仆，口则赞叹嚣嚣，一似苦中有乐者。显者不解，呼而讯之，谓："汝之受困，什佰于我，我以为苦，而汝以为乐，其故维何？"亭长曰："偶忆某年，为仇家所陷，身系狱中。维时亦当暑月，狱卒防予私逸，每夜拘挛手足，使不得动摇。时蚊蚋之繁，倍于今夕，听其自啮，欲稍稍规避而不能，以视今夕之奔走不息，四体得以自如者，奚啻仙凡人鬼之别乎！以昔较今，是以但见其乐，不知其苦。"显者听之，不觉爽然自失。此即穷人行乐之秘诀也。

不独居心为然，即铸体炼形，亦当如是。譬如夏月苦炎，明知为室庐卑小所致，偏向骄阳之下来往片时，然后步入室中，则觉暑气渐消，不似从前酷烈；若畏其湫隘而投宽处纳凉，及至归来，炎蒸又加十倍矣。冬月苦冷，明知为墙垣单薄所致，故向风雪之中行走一次，然后归庐返舍，则觉寒威顿减，不复凛冽如初；若避此荒凉而向深居就燠，及其再人，战栗又作何状矣。由此类推，则所谓退步者，无地不有，无人不有，想至退步，乐境自生。予为两间第一困人，其能免死于忧，不枯槁于迍邅蹭蹬者，皆用此法。又得管城一物，相伴终身，以扫千军则不足，以除万虑则有余。然非善作退步，即楮墨亦能困人。想虞卿著书[①]，亦用此法，我能公世，彼特秘而未传耳。

由亭长之说推之，则凡行乐者，不必远引他人为退步，即此一身，谁无过来之逆境？大则灾凶祸患，小则疾病忧伤。“执柯伐柯，其则不远。”取而较之，更为亲切。凡人一生，奇祸大难非特不可遗忘，还宜大书特书，高悬座右。其裨益于身者有三：孽由己作，则可知非痛改，视作前车；祸自天来，则可止怨释尤，以弭后患；至于忆苦追烦，引出无穷乐境，则又警心惕目之余事矣。如曰省躬罪己，原属隐情，难使他人共睹，若是则有包含韫藉之法：或止书罹患之年月，而不及其事；或别书隐射之数语，而不露其详；或撰作一联一诗，悬挂起居亲密之处，微寓己意，不使人知，亦淑慎其身[②]之妙法也。此皆湖上笠翁瞒人独做之事，笔机所到，欲讳不能，俗语所谓“不打自招”者，非乎？

【注释】

①虞卿著书：虞卿，战国名士，长于战略谋划，因拯救魏相魏齐的缘故，抛弃高官厚禄离开赵国，终困于梁，遂发愤著书，著有《虞氏征传》《虞氏春秋》十五篇。②淑慎其身：语出《诗·邶风·燕燕》：“终温且惠，淑慎其身。”淑慎，使和善谨慎。

家庭行乐之法

世间第一乐地，无过家庭。“父母俱存，兄弟无故，一乐也。”是圣贤行乐之方，不过如此。而后世人情之好向，往往与圣贤相左。圣贤所乐者，彼则苦之；圣贤所苦者，彼反视为至乐而沉溺其中。如弃现在之天亲而拜他人为父，撇同胞之手足而与陌路结盟，避女色而就娈童，舍家鸡而寻野鹜。是皆情理之至悖，而举世习而安之。其故无他，总由一念之恶旧喜新，厌常趋异所致。若是，则生而所有之形骸，亦觉陈腐可厌，胡不并易而新之，使今日魂附一体，明日又附一体，觉愈变愈新之可爱乎？其不能变而新之者，以生定故也。然欲变而新之，亦自有法。时易冠裳，迭更帏座，而照之以镜，则似换一规模矣。即以此法而施之父母兄弟、骨肉妻孥，以结交滥费之资，而鲜其衣饰，美其供奉，则居移气，养移体，一岁而数变其形，岂不犹之谓他人父，谓他人母，而与同学少年互称兄弟，各家美丽共缔姻盟者哉？

有好游狭斜者，荡尽家资而不顾，其妻迫于饥寒而求去。临去之日，别换新衣而佐以美饰，居然绝世佳人。其夫抱而泣曰："吾走尽章台，未尝遇此娇丽。由是观之，匪人之美，衣饰美之也。倘能复留，当为勤俭克家，而置汝金屋。"妻善其言而止。后改荡从善，卒如所云。又有人子不孝而为亲所逐者，鞠于他人，越数年而复返，定省承欢，大异畴昔。其父讯之，则曰："非予不爱其亲，习久而生厌也。兹复厌所习见，而以久不睹者为可亲矣。"众人笑之，而有识者怜之。何也？习久而厌其亲者，天下皆然，而不能自明其故。此人知之，又能直言无讳，盖可以为善之人也。此等罕譬曲喻，皆为劝导愚蒙。谁无至性，谁乏良知，而俟予为木铎？但观孺子离家，即生哭泣，岂无至乐之境十倍其家者哉？性在此而不在彼也。人能以孩提之乐境为乐境，则去圣人不远矣。

道途行乐之法

"逆旅"二字，足概远行，旅境皆逆境也。然不受行路之苦，不知居家之乐，此等况味，正须一一尝之。予游绝塞而归，乡人讯曰："边陲之游乐乎？"予曰："乐。"有经其地而惮焉者曰："地则不毛，人皆异类，睹沙场而气索，闻钲鼓而魂摇，何乐之有？"予曰："向未离家，谬谓四方一致，其饮馔服饰皆同于我，及历四方，知有大谬不然者。然止游通邑大都，未至穷边极塞，又谓远近一理，不过稍变其制而已矣。及抵边陲，始知地狱即在人间，罗刹原非异物，而今而后，方知人之异于禽兽者几希，而近地之民，其去绝塞之民者，反有霄壤幽明之大异也。不入其地，不睹其情，乌知生于东南，游于都会，衣轻席暖，饭稻羹鱼之足乐哉！”此言出路之人，视居家之乐为乐也；然未至还家，则终觉其苦。又有视家为苦，借道途行乐之法，可以暂娱目前，不为风霜车马所困者，又一方便法门也。

向平①欲俟婚嫁既毕，遨游五岳；李固②与弟书，谓周观天下，独未见益州，似有遗憾；太史公因游名山大川，得以史笔妙千古。是游也者，男子生而欲得，不得即以为恨者也。有道之士，尚欲挟资裹粮，专行其志。而我以糊口资生之便，为益闻广见之资，过一地，即览一地之人情；经一方，则睹一方之胜概，而且食所未食，尝所欲尝，蓄所余者而归遗细君③，似得五侯之鲭④，以果一家之腹，是人生最乐之事也。奚事哭泣阮途，而为乘槎驭骏者所窃笑哉？

【注释】

①向平：向子平，名长。《后汉书·逸民列传》中记载向子平在儿女的婚事完毕后就与朋友禽庆遨游五岳名山，不知所终。②李固：东汉时人。字子坚，博学耿直，冲帝时任太尉，后来受诬陷而死。③细君：妻子的代称。④王侯之鲭：西汉成帝时，娄护曾把王氏五侯所馈赠的珍贵膳食合制为鲭，世称“五侯鲭”。鲭，肉和鱼同烧的杂烩。

春季行乐之法

人有喜怒哀乐，天有春夏秋冬。春之为令，即天地交欢之候，阴阳肆乐之时也。人心至此，不求畅而自畅，犹父母相亲相爱，则儿女嬉笑自如，睹满堂之欢欣，即欲向隅而泣，泣不出也。然当春行乐，每易过情，必留一线之余春，以度将来之酷夏。盖一岁难过之关，惟有三伏，精神之耗，疾病之生，死亡之至，皆由于此。故俗话云“过得七月半，便是铁罗汉”，非虚语也。思患预防，当在三春行乐之时，不得纵欲过度，而先埋伏病根。花可熟观，鸟可倾听，山川云物之胜可以纵游，而独于房欲之事略存余地。盖人当此际，满体皆春。春者，泄尽无遗之谓也。草木之春，泄尽无遗而不坏者，以三时皆蓄，而止候泄于一春，过此一春，又皆蓄精养神之候矣。人之一身，能保一时尽泄而三时皆不泄乎？尽泄于春，而又不能不泄于夏，虽草木不能不枯，况人身之浮脆者乎？欲留枕席之余欢，当使游观之尽致。何也？分心花鸟，便觉体有余闲；并力闺帏，易致身无宁刻。然予所言，皆防已甚之词也。若使杜情而绝欲，是天地皆春而我独秋，焉用此不情之物，而作人中灾异乎？

夏季行乐之法

酷夏之可畏，前幅虽露其端，然未尽暑毒之什一也。使天只有三时而无夏，则人之死也必稀，巫医僧道之流皆苦饥寒而莫救矣。止因多此一时，遂觉人身叵测，常有朝人而夕鬼者。《戴记》云："是月也，阴阳争，死生分。"危哉斯言！令人不寒而粟矣。凡人身处此候，皆当时时防病，日日忧死。防病忧死，则当刻刻偷闲以行乐。从来行乐之事，人皆选暇于三春，予独息机于九夏。以三春神旺，即使不乐，无损于身；九夏则神耗气索，力难支体，如其不乐，则劳神役形，如火益热，是与性命为仇矣。《月令》以仲冬为闭藏；予谓天地之气闭藏于冬，人身之气当令闭藏于夏。试观隆冬之月，人之精神愈寒愈健，较之暑气铄人，有不可同年而语者。凡人苟非民社系身，饥寒迫体，稍堪自逸者，则当以三时行事，一夏养生。过此危关，然后出而应酬世故，未为晚也。追忆明朝失政以后，大清革命之先，予绝意浮名，不干寸禄，山居避乱，反以无事为荣。夏不谒客，亦无客至，匪止头巾不设，并衫履而废之。或裸处乱荷之中，妻孥觅之不得；或偃卧长松之下，猿鹤过而不知。洗砚石于飞泉，试茗奴以积雪；欲食瓜而瓜生户外，思啖果而果落树头，可谓极人世之奇闻，擅有生之至乐者矣。后此则徙居城市，酬应日纷，虽无利欲熏人，亦觉浮名致累。计我一生，得享列仙之福者，仅有三年。今欲续之，求为闰余而不可得矣。伤哉！人非铁石，奚堪磨杵作针；寿岂泥沙，不禁委尘入土。予以劝人行乐，而深悔自役其形。噫！天何惜于一闲，以补富贵荣朊之不足哉！

秋季行乐之法

过夏徂秋，此身无恙，是当与妻孥庆贺重生，交相为寿者矣。又值炎蒸初退，秋爽媚人，四体得以自如，衣衫不为桎梏，此时不乐，将待何时？况有阻人行乐之二物，非久即至。二物维何？霜也，雪也。霜雪一至，则诸物变形，非特无花，亦且少叶；亦时有月，难保无风。若谓“春宵一刻值千金”，则秋价之昂，宜增十倍。有山水之胜者，乘此时蜡屐而游，不则当面错过。何也？前此欲登而不可，后此欲眺而不能，则是又有一年之别矣。有金石之交者，及此时朝夕过从，不则交臂而失。何也？褦襶阻人于前，咫尺有同千里；风雪欺人于后，访戴何异登天？则是又负一年之约矣。至于姬妾之在家，一到此时，有如久别乍逢，为欢特异。何也？暑月汗流，求为盛妆而不得，十分娇艳，惟四五之仅存；此则全副精神，皆可用于青鬟翠黛之上。久不睹而今忽睹，有不与远归新娶同其燕好者哉？为欢即欲，视其精力短长，总留一线之余地。能行百里者，至九十而思休；善登浮屠者，至六级而即下。此房中秘术，请为少年场授之。

冬季行乐之法

冬天行乐，必须设身处地，幻为路上行人，备受风雪之苦，然后回想在家，则无论寒燠晦明，皆有胜人百倍之乐矣。尝有画雪景山水，人持破伞，或策蹇驴，独行古道之中，经过悬崖之下，石作狰狞之状，人有颠蹶之形者。此等险画，隆冬之月，正宜悬挂中堂。主人对之，即是御风障雪之屏，暖胃和衷之药。若杨国忠之肉阵，党太尉之羊羔美酒，初试或温，稍停则奇寒至矣。善行乐者，必先作如是观，而后继之以乐，则一分乐境，可抵二三分，五七分乐境，便可抵十分十二分矣。然一到乐极忘忧之际，其乐自能渐减，十分乐境，只作得五七分，二三分乐境，又只作得一分矣。须将一切苦境，又复从头想起，其乐之渐增不减，又复如初。此善讨便宜之第一法也。譬之行路之人，计程共有百里，行过七八十里，所剩无多，然无奈望到心坚，急切难待，种种畏难怨苦之心出矣。但一回头，计其行过之路数，则七八十里之远者可到，况其少而近者乎？譬如此际止行二三十里，尚余七八十里，则苦多乐少，其境又当何如？此种想念，非但可为行乐之方，凡居官者之理繁治剧，学道者之读书穷理，农工商贾之任劳即勤，无一不可倚之为法。噫！人之行乐，何与于我，而我为之嗓敝舌焦，手腕几脱。是殆有媚人之癖，而以楮墨代脂韦者乎？

随时即景就事行乐之法

行乐之事多端，未可执一而论。如睡有睡之乐，坐有坐之乐，行有行之乐，立有立之乐，饮食有饮食之乐，盥栉有盥栉之乐，即袒裼裸裎、如厕便溺，种种秽亵之事，处之得宜，亦各有其乐。苟能见景生情，逢场作戏，即可悲可涕之事，亦变欢娱。如其应事寡才，养生无术，即征歌选舞之场，亦生悲戚。兹以家常受用，起居安乐之事，因便制宜，各存其说于左。

睡

有专言法术之人，遍授养生之诀，欲予北面事之。予讯益寿之功，何物称最？颐生之地，谁处居多？如其不谋而合，则奉为师，不则友之可耳。其人曰："益寿之方，全凭导引；安生之计，惟赖坐功。"予曰："若是，则汝法最苦，惟修苦行者能之。予懒而好动，且事事求乐，未可以语此也。"其人曰："然则汝意云何？试言之，不妨互为印政。"予曰："天地生人以时，动之者半，息之者半。动则旦，而息则暮也。苟劳之以日，而不息之以夜，则旦旦而伐之，其死也，可立而待矣。吾人养生亦以时，扰之以半，静之以半，扰则行起坐立，而静则睡也。如其劳我以经营，而不逸我以寝处，则岌岌乎殆哉！其年也，不堪指屈矣。若是，则养生之诀，当以善睡居先。睡能还精，睡能养气，睡能健脾益胃，睡能坚骨壮筋。如其不信，试以无疾之人与有疾之人，合而验之。人本无疾，而劳之以夜，使累夕不得安眠，则眼眶渐落而精气日颓，虽未即病，而病之情形出矣。患疾之人，久而不寐，则病势日增；偶一沉酣，则其醒也，必有油然勃然之势。是睡，非睡也，药也；非疗一疾之药，乃治百病，救万民，无试不验之神药也。兹欲从事导引，并力坐功，势必先遣睡魔，使无倦态而后可。予忍弃生平最效之药，而试未必果验之方哉？"其人艴然而去，以予不足教也。

予诚不足教哉！但自陈所得，实为有见而然，与强辩饰非者稍别。前人睡诗云："花竹幽窗午梦长，此中与世暂相忘。华山处士[①]如容见，不觅仙方觅睡方。"近人睡诀云："先睡心，后睡眼。"此皆书本唾余，请置弗道，道其未经发明者而已。睡有睡之时，睡有睡之地，睡又有可睡可不睡之人，请条晰言之。

由戌至卯，睡之时也。未戌而睡，谓之先时，先时者不祥，谓与疾作思卧者无异也；过卯而睡，谓之后时，后时者犯忌，谓与长夜不醒者无异也。且人生百年，夜居其半，穷日行乐，犹苦不多，况以睡梦之有余，而损宴游之不足乎？有一名士善睡，起必过午，先时而访，未有能晤之者。予每过其居，必俟良久而后见。一日闷坐无聊，笔墨具在，乃取旧诗一首，更易数字而嘲之曰："吾在此静睡，起来常过午。便活七十年，止当三十五。"同人见之，无不绝倒。此虽谑浪，颇关至理。是当睡之时，止有黑夜，舍此皆非其候矣。然而午睡之乐，倍于黄昏，三时皆所不宜，而独宜于长夏。非私之也，长夏之一日，可抵残冬之二日；长夏之一夜，不敌残冬之半夜，使止息于夜，而不息于昼，是以一分之逸，敌四分之劳，精力几何，其能堪此？况暑气铄金，当之未有不倦者。倦极而眠，犹饥之得食，渴之得饮，养生之计，未有善于此者。午餐之后，略逾寸晷，俟所食既消，而后徘徊近榻。又勿有心觅睡，觅睡得睡，其为睡也不甜。必先处于有事，事未毕而忽倦，睡乡之民自来招我。桃源、天台诸妙境，原非有意造之，皆莫知其然而然者。予最爱旧诗中有"手倦抛书午梦长"一句。手书而眠，意不在睡；抛书而寝，则又意不在书，所谓莫知其然而然也。睡中三昧，惟此得之。此论睡之时也。

睡又必先择地。地之善者有二：曰静，曰凉。不静之地，止能睡目，不能睡耳，耳目两岐，岂安身之善策乎？不凉之地，止能睡魂，不能睡身，身魂不附，乃养生之至忌也。至于可睡可不睡之人，则分别于"忙闲"二字。就常理而论之，则忙人宜睡，闲人可以不必睡。然使忙人假寐，止能睡眼，不能睡心，心不睡而眼睡，犹之未尝睡也。其最不受用者，在将觉未觉之一时，忽然想起某事未行，某人未见，皆万万不可已者，睡此一觉，未免失事妨时，想到此处，便觉魂趋梦绕，胆怯心惊，较之未睡之前，更加烦躁，此忙人之不宜睡也。闲则眼未阖而心先阖，心已开而眼未开；已睡较未睡为乐，已醒较未醒更乐，此闲人之宜睡也。然天地之间，能有几个闲人？必欲闲而始睡，是无可睡之时矣。有暂逸其心以妥梦魂之法：凡一日之中，急切当行之事，俱当于上半日告竣，有未竣者，则分遣家人代之，使事事皆有着落，然后寻床觅枕以赴黑甜②，则与闲人无别矣。此言可睡之人也。而尤有吃紧一关未经道破者，则在莫行歹事。“半夜敲门不吃惊”，始可于日间睡觉，不则一闻剥啄，即是逻倅到门矣。

【注释】

①华山处士：华山，在陕西省，为五岳之一；处士，古时候称有德、才而隐居不愿做官的人。这里指宋初著名道教学者陈抟。②黑甜：酣睡。

坐

从来善养生者，莫过于孔子。何以知之？知之于“寝不尸，居不容”二语。使其好饰观瞻，务修边幅，时时求肖君子，处处欲为圣人，则其寝也，居也，不求尸而自尸，不求容而自容；则五官四体，不复有舒展之刻。岂有泥塑木雕其形，而能久长于世者哉？“不尸不容”四字，绘出一幅时哉圣人，宜乎崇祀千秋，而为风雅斯文之鼻祖也。吾人燕居坐法，当以孔子为师，勿务端庄而必正襟危坐，勿同束缚而为胶柱难移。抱膝长吟，虽坐也，而不妨同于箕踞；支颐丧我，行乐也，而何必名为坐忘？但见面与身齐，久而不动者，其人必死。此图画真容之先兆也。

行

贵人之出，必乘车马。逸则逸矣，然于造物赋形之义，略欠周全。有足而不用，与无足等耳，反不若安步当车之人，五官四体皆能适用。此贫士骄人语。乘车策马，曳履搴裳，一般同是行人，止有动静之别。使乘车策马之人，能以步趋为乐，或经山水之胜，或逢花柳之妍，或遇戴笠之贫交，或见负薪之高士，欣然止驭，徒步为欢，有时安车而待步，有时安步以当车，其能用足也，又胜贫士一筹矣。至于贫士骄人。不在有足能行，而在缓急出门之可恃。事属可缓，则以安步当车；如其急也，则以疾行当马。有人亦出，无人亦出；结伴可行，无伴亦可行。不似富贵者假足于人，人或不来，则我不能即出，此则有足若无，大悖谬于造物赋形之义耳。兴言及此，行殊可乐！

立

立分久暂，暂可无依，久当思傍。亭亭独立之事，但可偶一为之，旦旦如是，则筋骨皆悬，而脚跟如砥，有血脉胶凝之患矣。或倚长松，或凭怪石，或靠危栏作轼，或扶瘦竹为筇；既作羲皇上人，又作画图中物，何乐如之！但不可以美人作柱，虑其础石太纤，而致栋梁皆仆也。

饮

宴集之事，其可贵者有五：饮量无论宽窄，贵在能好；饮伴无论多寡，贵在善谈；饮具无论丰啬，贵在可继；饮政无论宽猛，贵在可行；饮候无论短长，贵在能止。备此五贵，始可与言饮酒之乐；不则曲蘗宾朋，皆凿性斧身之具也。

予生平有五好，又有五不好，事则相反，乃其势又可并行而不悖。五好、五不好维何？不好酒而好客；不好食而好谈；不好长夜之欢，而好与明月相随而不忍别；不好为苛刻之令，而好受罚者欲辩无辞；不好使酒骂坐之人，而好其于酒后尽露肝膈。坐此五好、五不好，是以饮量不胜蕉叶，而日与酒人为徒。近日又增一种癖好、癖恶：癖好音乐，每听必至忘归；而又癖恶座客多言，与竹肉之音相乱。

饮酒之乐，备于五贵、五好之中，此皆为宴集宾朋而设。若夫家庭小饮与燕闲独酌，其为乐也，全在天机逗露之中，形迹消忘之内。有饮宴之实事，无酬酢之虚文。睹儿女笑啼，认作斑斓之舞；听妻孥劝诫，若闻《金缕》之歌。苟能作如是观，则虽谓朝朝岁旦，夜夜元宵可也。又何必座客常满，樽酒不空，日借豪举以为乐哉？

谈

读书，最乐之事，而懒人常以为苦；清闲，最乐之事，而有人病其寂寞。就乐去苦，避寂寞而享安闲，莫若与高士盘桓，文人讲论。何也？“与君一夕话，胜读十年书。”既受一夕之乐，又省十年之苦，便宜不亦多乎？“因过竹院逢僧话，又得浮生半日闲。”既得半日之闲，又免多时之寂，快乐可胜道乎？善养生者，不可不交有道之士；而有道之士，多有不善谈者。有道而善谈者，人生希觏，是当时就日招，以备开聋启聩之用者也。即云我能挥麈，无假于人，亦须借朋侪起发，岂能若西域之钟虡[①]，不叩自鸣者哉？

【注释】

①西域之钟虡：出自唐代刘禹锡的《刘宾客嘉话录》：洛阳有僧，房中磬子夜辄自鸣。

沐浴

盛暑之月，求乐事于黑甜之外，其惟沐浴乎？潮垢非此不除，浊污非此不净，炎蒸暑毒之气亦非此不解。此事非独宜于盛夏，自严冬避冷，不宜频浴外，凡遇春温秋爽，皆可借此为乐。而养生之家则往往忌之，谓其损耗元神也。吾谓沐浴既能损身，则雨露亦当损物，岂人与草木有二性乎？然沐浴损身之说，亦非无据而云然。予尝试之。试于初下浴盆时，以未经浇灌之身，忽遇澎湃奔腾之势，以热投冷，以湿犯燥，几类水攻。此一激也，实足以冲散元神，耗除精气。而我有法以处之：虑其太激，则势在尚缓；避其太热，则利于用温。解衣磅礴之秋，先调水性，使之略带温和，由腹及胸，由胸及背，惟其温而缓也，则有水似乎无水，已浴同于未浴。俟与水性相习之后，始以热者投之，频浴频投，频投频搅，使水乳交融而不觉，渐入佳境而莫知，然后纵横其势，反侧其身，逆灌顺浇，必至痛快其身而后已。此盆中取乐之法也。至于富室大家，扩盆为屋，注水于池者，冷则加薪，热则去火，自有以逸待劳之法，想无俟贫人置喙也。

听琴观棋

弈棋尽可消闲，似难借以行乐；弹琴实堪养性，未易执此求欢。以琴必正襟危坐而弹，棋必整槊横戈以待。百骸尽放之时，何必再期整肃？万念俱忘之际，岂宜复较输赢？常有贵禄荣名付之一掷，而与人围棋赌胜，不肯以一着相饶者，是与让千乘之国，而争箪食豆羹者何异哉？故喜弹不若喜听，善弈不如善观。人胜而我为之喜，人败而我不必为之忧，则是常居胜地也；人弹和缓之音而我为之吉，人弹噍杀之音而我不必为之凶，则是长为吉人也。或观听之余，不无技痒，何妨偶一为之，但不寝食其中而莫之或出，则为善弹善弈者耳。

看花听鸟

花鸟二物，造物生之以媚人者也。既产娇花嫩蕊以代美人，又病其不能解语，复生群鸟以佐之。此段心机，竟与购觅红妆，习成歌舞，饮之食之，教之诲之以媚人者，同一周旋之至也。而世人不知，目为蠢然一物，常有奇花过目而莫之睹，鸣禽悦耳而莫之闻者。至其捐资所购之姬妾，色不及花之万一，声仅窃鸟之绪余，然而睹貌即惊，闻歌辄喜，为其貌似花而声似鸟也。噫！贵似贱真，与叶公之好龙何异？予则不然。每值花柳争妍之日，飞鸣斗巧之时，必致谢洪钧，归功造物，无饮不奠，有食必陈，若善士信妪之佞佛者。夜则后花而眠，朝则先鸟而起，惟恐一声一色之偶遗也。及至莺老花残，辄怏怏如有所失。是我之一生，可谓不负花鸟；而花鸟得予，亦所称“一人知己，死可无恨”者乎！

蓄养禽鱼

鸟之悦人以声者，画眉、鹦鹉二种。而鹦鹉之声价，高出画眉上，人多癖之，以其能作人言耳。予则大违是论，谓鹦鹉所长止在羽毛，其声则一无可取。鸟声之可听者，以其异于人声也。鸟声异于人声之可听者，以出于人者为人籁，出于鸟者为天籁也。使我欲听人言，则盈耳皆是，何必假口笼中？况最善说话之鹦鹉，其舌本之强，犹甚于不善说话之人，而所言者，又不过口头数语。是鹦鹉之见重于人，与人之所以重鹦鹉者，皆不可诠解之事。至于画眉之巧，以一口而代众舌，每效一种，无不酷似，而复纤婉过之，诚鸟中慧物也。予好与此物作缘，而独怪其易死。既善病而复招尤，非殁于己，即伤于物，总无三年不坏者。殆亦多技多能所致欤？

鹤鹿二种之当蓄，以其有仙风道骨也。然所耗不赀，而所居必广，无其资与地者，皆不能蓄。且种鱼养鹤，二事不可兼行，利此则害彼也。然鹤之善唳善舞，与鹿之难扰易驯，皆品之极高贵者，麟凤龟龙而外，不得不推二物居先矣。乃世人好此二物，又分轻重于其间，二者不可得兼，必将舍鹿而求鹤矣。显贵之家，匪特深藏苑囿，近置衙斋，即倩人写真绘像，必以此物相随。予尝推原其故，皆自一人始之，赵清献公①是也。琴之与鹤，声价倍增，讵非贤相提携之力欤？

家常所蓄之物，鸡犬而外，又复有猫。鸡司晨，犬守夜，猫捕鼠，皆有功于人而自食其力者也。乃猫为主人所亲昵，每食与俱，尚有听其搴帷入室，伴寝随眠者。鸡栖于埘，犬宿于外，居处饮食皆不及焉。而从来叙禽兽之功，谈治平之象者，则止言鸡犬而并不及猫。亲之者是，则略之者非；亲之者非，则略之者是；不能不惑于二者之间矣。曰：有说焉。昵猫而贱鸡犬者，犹癖谐臣媚子，以其不呼能来，闻叱不去；因其亲而亲之，非有可亲之道也。鸡犬二物，则以职业为心，一到司晨守夜之时，则各司其事，虽豢以美食，处以曲房，使不即彼而就此，二物亦守死弗至；人之处此，亦因其远而远之，非有可远之道也。即其司晨守夜之功，与捕鼠之功亦有间焉。鸡之司晨，犬之守夜，忍饥寒而尽瘁，无所利而为之，纯公无私者也；猫之捕鼠，因去害而得食，有所利而为之，公私相半者也。清勤自处，不屑媚人者，远身之道；假公自为，密迩其君者，固宠之方。是三物之亲疏，皆自取之也。然以我司职业于人间，亦必效鸡犬之行，而以猫之举动为戒。噫！亲疏可言也，祸福不可言也。猫得自终其天年，而鸡犬之死，皆不免于刀锯鼎镬之罚。观于三者之得失，而悟居官守职之难。其不冠进贤②，而脱然于宦海浮沉之累者，幸也。

【注释】

①赵清献公：北宋大臣赵抃，为政清廉，有“铁面御史”之称。相传曾匹马入蜀，以一鹤一琴自随，死后谥号清献。②不冠进贤：不戴进贤冠。进贤冠，古时朝见皇帝的一种礼帽。原为儒者所戴，唐时百官皆戴用。

浇灌竹木

“筑成小圃近方塘，果易生成菜易长。抱瓮太痴机太巧，从中酌取灌园方。”此予山居行乐之诗也。能以草木之生死为生死，始可与言灌园之乐，不则一灌再灌之后，无不畏途视之矣。殊不知草木欣欣向荣，非止耳目堪娱，亦可为艺草植木之家，助祥光而生瑞气。不见生财之地万物皆荣，退运之家群生不遂？气之旺与不旺，皆于动植验之。若是，则汲水浇花，与听信堪舆、修门改向者无异也。不视为苦，则乐在其中。督率家人灌溉，而以身任微勤，节其劳逸，亦颐养性情之一助也。

止忧第二

忧可忘乎？不可忘乎？曰：可忘者非忧，忧实不可忘也。然则忧之未忘，其何能乐？曰：忧不可忘而可止，止即所以忘之也。如人忧贫而劝之使忘，彼非不欲忘也，啼饥号寒者迫于内，课赋索逋者攻于外，忧能忘乎？欲使贫者忘忧，必先使饥者忘啼，寒者忘号，征且索者忘其逋赋而后可，此必不得之数也。若是，则“忘忧”二字徒虚语耳。犹慰下第者以来科必发，慰老而无嗣者以日后必生，迨其不发不生，亦止听之而已，能归咎慰我者而责之使偿乎？

语云：“临渊羡鱼，不如退而结网。”慰人忧贫者，必当授以生财之法；慰人下第者，必先予以必售之方；慰人老而无嗣者，当令蓄姬买妾，止妒息争，以为多男从出之地。若是，则为有裨之言，不负一番劝谕。止忧之法，亦若是也。忧之途径虽繁，总不出可备、难防之二种，姑为汗竹，以代树萱。

止眼前可备之忧

拂意之境，无人不有，但问其易处不易处，可防不可防。如易处而可防，则于未至之先，筹一计以待之。此计一得，即委其事于度外，不必再筹，再筹则惑我者至矣。贼攻于外而民扰于中，其可防乎？俟其既至，则以前画之策，取而予之，切勿自动声色。声色动于外，则气馁于中。此以静待动之法，易知亦易行也。

止身外不测之忧

不测之忧，其未发也，必先有兆。现乎蓍龟，动乎四体者，犹未必果验。其必验之兆，不在凶信之频来，而反在吉祥之事之太过。乐极悲生，否伏于泰，此一定不移之数也。命薄之人，有奇福，便有奇祸；即厚德载福之人，极祥之内，亦必酿出小灾。盖天道好还，不敢尽私其人，微示公道于一线耳。达者如此，无不思患预防，谓此非善境，乃造化必忌之数，而鬼神必瞷之秋也。萧墙之变，其在是乎？

止忧之法有五：一曰谦以省过，二曰勤以砺身，三曰俭以储费，四曰恕以息争，五曰宽以弥谤。率此而行，则忧之大者可小，小者可无；非循环之数，可以窃逃而幸免也。只因造物予夺之权，不肯为人所测识，料其如此，彼反未必如此，亦造物者颠倒英雄之惯技耳。

调饮啜第三

《食物本草》一书，养生家必需之物。然翻阅一过，即当置之。若留匕箸之旁，日备考核，宜食之物则食之，否则相戒勿用，吾恐所好非所食，所食非所好，曾皙睹羊枣而不得咽，曹刿鄙肉食而偏与谋，则饮食之事亦太苦矣。尝有性不宜食而口偏嗜之，因惑《本草》之言，遂以疑虑致疾者。弓蛇之为祟，岂仅在形似之间哉！“食色，性也。”欲借饮食养生，则以不离乎性者近是。

爱食者多食

生平爱食之物，即可养身，不必再查《本草》。春秋之时，并无《本草》，孔子性嗜姜，即不撤姜食，性嗜酱，即不得其酱不食，皆随性之所好，非有考据而然。孔子于姜、酱二物，每食不离，未闻以多致疾。可见性好之物，多食不为祟也。但亦有调剂君臣之法，不可不知。“肉虽多，不使胜食气。”此即调剂君臣之法。肉与食较，则食为君而肉为臣；姜、酱与肉较，则又肉为君而姜、酱为臣矣。虽有好不好之分，然君臣之位不可乱也。他物类是。

怕食者少食

凡食一物而凝滞胸膛，不能克化者，即是病根，急宜消导。世间只有瞑眩之药，岂有瞑眩之食乎？喜食之物，必无是患，强半皆所恶也。故性恶之物即当少食，不食更宜。

太饥勿饱

欲调饮食，先匀饥饱。大约饥至七分而得食，斯为酌中之度，先时则早，过时则迟。然七分之饥，亦当予以七分之饱，如田畴之水，务与禾苗相称，所需几何，则灌注几何，太多反能伤稼，此平时养生之火候也。有时迫于繁冗，饥过七分而不得食，遂至九分十分者，是谓太饥。其为食也，宁失之少，勿犯于多。多则饥饱相搏而脾气受伤，数月之调和，不敌一朝之紊乱矣。

太饱勿饥

饥饱之度，不得过于七分，是已。然又岂无饕餮太甚，其腹果然之时？是则失之太饱。其调饥之法，亦复如前，宁丰勿啬。若谓逾时不久，积食难消，以养鹰之法处之，故使饥肠欲绝，则似大熟之后，忽遇奇荒。贫民之饥可耐也，富民之饥不可耐也，疾病之生，多由于此。从来善养生者，必不以身为戏。

怒时哀时勿食

喜怒哀乐之始发，均非进食之时。然在喜乐犹可，在哀怒则必不可。怒时食物易下而难消，哀时食物难消亦难下，俱宜暂过一时，候其势之稍杀。饮食无论迟早，总以入肠消化之时为度。早食而不消，不若迟食而即消。不消即为患，消则可免一餐之忧矣。

倦时闷时勿食

倦时勿食，防瞌睡也。瞌睡则食停于中，而不得下。烦闷时勿食，避恶心也。恶心则非特不下，而呕逆随之。食一物，务得一物之用。得其用则受益，不得其用，岂止不受益而已哉！

节色欲第四

行乐之地，首数房中。而世人不善处之，往往启妒酿争，翻为祸人之具。即有善御者，又未免溺之过度，因以伤身，精耗血枯，命随之绝。是善处不善处，其为无益于人者一也。至于养生之家，又有近姹远色之二种，各持一见，水火其词。噫！天既生男，何复生女，使人远之不得，近之不得，功罪难予，竟作千古不决之疑案哉！

予请为息争止谤，立一公评，则谓阴阳之不可相无，犹天地之不可使半也。天苟去地，非止无地，亦并无天。江河湖海之不存，则日月奚自而藏？雨露凭何而泄？人但知藏日月者地也，不知生日月者亦地也；人但知泄雨露者地也，不知生雨露者亦地也。地能藏天之精，泄天之液，而不为天之害，反为天之助者，其故何居？则以天能用地，而不为地所用耳。天使地晦，则地不敢不晦；迨欲其明，则又不敢不明。水藏于地，而不假天之风，则波涛无据而起；土附于地，而不逢天之候，则草木何自而生？是天也者，用地之物也；犹男为一家之主，司出纳吐茹之权者也。地也者，听天之物也；犹女备一人之用，执饮食寝处之劳者也。果若是，则房中之乐，何可一日无之？但顾其人之能用与否，我能用彼，则利莫大焉。参苓芪术皆死药也，以死药疗生人，犹以枯木接活树，求其气脉之贯，未易得也。黄婆姹女皆活药也，以活药治活人，犹以雌鸡抱雄卵，冀其血脉之通，不更易乎？凡借女色养身而反受其害者，皆是男为女用，反地为天者耳。倒持干戈，授人以柄，是被戮之人之过，与杀人者何尤？

人问：执子之见，则老氏“不见可欲，使心不乱”之说，不几谬乎？予曰：正从此说参来，但为下一转语：不见可欲，使心不乱，常见可欲，亦能使心不乱。何也？人能摒绝嗜欲，使声色货利不至于前，则诱我者不至，我自不为人诱，苟非入山逃俗，能若是乎？使终日不见可欲而遇之一旦，其心之乱也，十倍于常见可欲之人。不如日在可欲之中，与若辈习处，则是“司空见惯浑闲事”矣，心之不乱，不大异于不见可欲而忽见可欲之人哉？老子之学，避世无为之学；笠翁之学，家居有事之学也。二说并存，则游于方之内外，无适不可。

节快乐过情之欲

乐中行乐，乐莫大焉。使男子至乐，而为妇人者尚有他事萦心，则其为乐也，可无过情之虑。使男妇并处极乐之境，其为地也，又无一人一物搅挫其欢，此危道也。决尽提防之患，当刻刻虑之。然而但能行乐之人，即非能虑患之人；但能虑患之人，即是可以不必行乐之人。此论徒虚设耳。必须此等忧虑历过一遭，亲尝其苦，然后能行此乐。噫！求为三折肱之良医[①]，则囊中妙药存者鲜矣，不若早留余地之为善。

【注释】

①三折肱之良医：是一句古代谚语，字面意思是说：多次参加手术实践就可以成为良医。后比喻对某事阅历多，富有经验，自能造诣精深。

节忧患伤情之欲

忧愁困苦之际，无事娱情，即念房中之乐。此非自好，时势迫之使然也。然忧中行乐，较之平时，其耗精损神也加倍。何也？体虽交而心不交，精未泄而气已泄。试强愁人以欢笑，其欢笑之苦更甚于愁，则知忧中行乐之可已。虽然，我能言之，不能行之，但较平时稍节则可耳。

节饥饱方殷之欲

饥、寒、醉、饱四时，皆非取乐之候。然使情不能禁，必欲遂之，则寒可为也，饥不可为也；醉可为也，饱不可为也。以寒之为苦在外，饥之为苦在中，醉有酒力之可凭，饱无轻身之足据。总之，交媾者，战也，枵腹者不可使战；并处者，眠也，果腹者不可与眠。饥不在肠而饱不在腹，是为行乐之时矣。

节劳苦初停之欲

劳极思逸，人之情也，而非所论于耽酒嗜色之人。世有喘息未定，即赴温柔乡者，是欲使五官百骸、精神气血，以及骨中之髓、肾内之精，无一不劳而后已。此杀身之道也。疾发之迟缓虽不可知，总无不胎病于内者。节之之法有缓急二种：能缓者，必过一夕二夕；不能缓者，则酣眠一觉以代一夕，酣眠二觉以代二夕。惟睡可以息劳，饮食居处皆不若也。

节新婚乍御之欲

新婚燕尔，不必定在初娶，凡妇人未经御而乍御者，即是新婚。无论是妻是妾，是婢是妓，其为燕尔之情则一也。乐莫乐于新相知，但观此一夕之为欢，可抵寻常之数夕，即知此一夕之所耗，亦可抵寻常之数夕。能保此夕不受燕尔之伤，始可以道新婚之乐。不则开荒辟昧，既以身任奇劳，献媚要功，又复躬承异瘁。终身不二色者，何难作背城一战；后宫多嬖侍者，岂能为不败孤军？危哉！危哉！当筹所以善此矣。善此当用何法？曰静之以心。虽曰燕尔新婚，只当行其故事。“说大人，则藐之[①]”，御新人，则旧之。仍以寻常女子相视，而大致大动其心。过此一夕二夕之后，反以新人视之，则可谓驾驭有方，而张弛合道者矣。

【注释】

①说大人，则藐之：语出《孟子·尽心下》，指向位高显贵的人说话，要藐视他，不要把他的显赫地位和权势放在眼里。

节隆冬盛暑之欲

最宜节欲者隆冬，而最难节欲者亦是隆冬；最忌行乐者盛暑，而最便行乐者又是盛暑。何也？冬夜非人不暖，贴身惟恐不密，倚翠偎红之际，欲念所由生也。三时苦于襬襶，九夏独喜轻便，袒裼裸裎之时，春心所由荡也。当此二时，劝人节欲，似乎不情，然反此即非保身之道。节之为言，明有度也；有度则寒暑不为灾，无度则温和亦致戾。节之为言，示能守也；能守则日与周旋而神旺，无守则略经点缀而魂摇。由有度而驯至能守，由能守而驯至自然，则无时不堪昵玉，有暇即可怜香。将鄙是集为可焚，而怪湖上笠翁之多事矣。

却病第五

病之起也有因，病之伏也有在，绝其因而破其在，只在一字之和。俗云："家不和，被邻欺。"病有病魔，魔非善物，犹之穿窬之盗，起讼构难之人也。我之家室有备，怨谤不生，则彼无所施其狡猾，一有可乘之隙，则环肆奸欺而祟我矣。然物必先朽而后虫生之，苟能固其根本，荣其枝叶，虫虽多，其奈树何？人身所当和者，有气血、脏腑、脾胃、筋骨之种种，使必逐节调和，则头绪纷然，顾此失彼，穷终日之力，不能防一隙之疏。防病而病生，反为病魔窃笑耳。

有务本之法，止在善和其心。心和则百体皆和。即有不和，心能居重驭轻，运筹帷幄，而治之以法矣。否则内之不宁，外将奚视？然而和心之法，则难言之。哀不至伤，乐不至淫，怒不至于欲触，忧不至于欲绝。"略带三分拙，兼存一线痴；微聋与暂哑，均是寿身资。"此和心诀也。三复斯言，病其可却。

病未至而防之

病未至而防之者，病虽未作，而有可病之机与必病之势，先以药物投之，使其欲发不得，犹敌欲攻我，而我兵先之，预发制人者也。如偶以衣薄而致寒，略为食多而伤饱，寒起畏风之渐，饱生悔食之心，此即病之机与势也。急饮散风之物而使之汗，随投化积之剂而速之消。在病之自视如人事，机才动而势未成，原在可行可止之界，人或止之，则竟止矣。较之戈矛已发，而兵行在途者，其势不大相径庭哉？

病将至而止之

病将至而止之者，病形将见而未见，病态欲支而难支，与久疾乍愈之人同一意况。此时所患者切忌猜疑。猜疑者，问其是病与否也。一作两歧之念，则治之不力，转盼而疾成矣。即使非疾，我以是疾处之，寝食戒严，务作深沟高垒之计；刀圭毕备，时为出奇制胜之谋。以全副精神，料理奸谋未遂之贼，使不得揭竿而起者，岂难行不得之数哉？

病已至而退之

病已至而退之，其法维何？曰：止在一字之静。敌已至矣，恐怖何益？“剪灭此而后朝食”，谁不欲为？无如不可猝得。宽则或可渐除，急则疾上又生疾矣。此际主持之力，不在卢医扁鹊，而全在病人。何也？召疾使来者，我也，非医也。我由寒得，则当使之并力去寒；我自欲来，则当使之一心治欲。最不解者，病人延医，不肯自述病源，而只使医人按脉。药性易识，脉理难精，善用药者时有，能悉脉理而所言必中者，今世能有几人哉？徒使按脉定方，是以性命试医，而观其中用否也。所谓主持之力不在卢医扁鹊，而全在病人者，病人之心专一，则医人之心亦专一，病者二三其词，则医人什佰其径，径愈宽则药愈杂，药愈杂则病愈繁矣。

昔许胤宗谓人曰：“古之上医，病与脉值，惟用一物攻之。今人不谙脉理，以情度病，多其药物以幸有功，譬之猎人，不知兔之所在，广络原野以冀其获，术亦昧矣。”此言多药无功，而未及其害。以予论之，药味多者不能愈疾，而反能害之。如一方十药，治风者有之，治食者有之，治痨伤虚损者亦有之。此合则彼离，彼顺则此逆，合者顺者即使相投，而离者逆者又复于中为祟矣。利害相攻，利卒不能胜害，况其多离少合，有逆无顺者哉？故延医服药，危道也。不自为政，而听命于人，又危道中之危道也。慎而又慎，其庶几乎！

疗病第六

“病不服药，如得中医。”此八字金丹，救出世间几许危命！进此说于初得病时，未有不怪其迂者，必俟刀圭药石无所不投，人力既穷，而沉疴如故，不得已而从事斯语，是可谓天人交迫，而使就“中医”者也。乃不攻不疗，反致霍然，始信八字金丹，信乎非谬。

以予论之，天地之间只有贪生怕死之人，并无起死回生之药。“药医不死病，佛度有缘人。”旨哉斯言！不得以谚语目之矣。然病之不能废医，犹旱之不能废祷。明知雨泽在天，匪求能致，然岂有晏然坐视，听禾苗稼穑之焦枯者乎？自尽其心而已矣。予善病一生，老而勿药。百草尽经尝试，几作神农后身，然于大黄解结之外，未见有呼应极灵，若此物之随试随验者也。生平著书立言，无一不由杜撰，其于疗病之法亦然。每患一症，辄自考其致此之由，得其所由，然后治之以方，疗之以药。所谓方者，非方书所载之方，乃触景生情，就事论事之方也；所谓药者，非《本草》必载之药，乃随心所喜，信手拈来之药也。明知无本之言不可训世，然不妨姑妄言之，以备世人之妄听。凡阅是编者，理有可信则存之，事有可疑则阙之，不以文害辞，不以辞害志，是所望于读笠翁之书者。

药笼应有之物，备载方书；凡天地间一切所有，如草木金石，昆虫鱼鸟，以及人身之便溺，牛马之溲渤，无一或遗，是可谓两者至备之书，百代不刊之典。今试以《本草》一书高悬国门，谓有能增一疗病之物，及正一药性之讹者，予以千金。吾知轩岐复出，卢扁再生，亦惟有屏息而退，莫能觊觎者矣。然使不幸而遇笠翁，则千金必为所攫。何也？药不执方，医无定格。同一病也，同一药也，尽有治彼不效，治此忽效者；彼是则此非，彼非则此是，必居一于此矣。又有病是此病，药非此药，万无可用之理，或被庸医误投，或为臧获谬取，食之不死，反以回生者。迹是而观，则《本草》所载诸药性，不几大谬不然乎？更有奇于此者，常见有人病入膏肓，危在旦夕，药饵攻之不效，刀圭试之不灵，忽于无心中瞥遇一事，猛见一物，其物并非药饵，其事绝异刀圭，或为喜乐而病消，或为惊慌而疾退。“救得命活，即是良医；医得病痊，便称良药。”由是观之，则此一物与此一事者，即为《本草》所遗，岂得谓之全备乎？虽然，彼所载者，物性之常；我所言者，事理之变。彼之所师者人，人言如是，彼言亦如是，求其不谬则幸矣；我之所师者心，心觉其然，口亦信其然，依傍于世何为乎？究竟予言似创，实非创也，原本于方书之一言：“医者，意也。”以意为医，十验八九，但非其人不行。吾愿以拆字射覆者改卜为医，庶几此法可行，而不为一定不移之方书所误耳。

本性酷好之药

一曰本性酷好之物可以当药。凡人一生，必有偏嗜偏好之一物，如文王之嗜菖蒲菹，曾皙之嗜羊枣，刘伶之嗜酒，卢仝之嗜茶，权长孺之嗜爪，皆癖嗜也。癖之所在，性命与通，剧病得此，皆称良药。医士不明此理，必按《本草》而稽查药性，稍与症左，即鸩毒视之。此异疾之不能遽瘳也。予尝以身试之。

庚午之岁，疫疠盛行，一门之内，无不呻吟，而惟予独甚。时当夏五，应荐杨梅，而予之嗜此，较前人之癖菖蒲、羊枣诸物，殆有甚焉，每食必过一斗。因讯妻孥曰：“此果曾入市否？”妻孥知其既有而未敢遽进，使人密讯于医。医者曰：“其性极热，适与症反。无论多食，即一二枚亦可丧命。”家人识其不可，而恐予固索，遂诡词以应，谓此时未得，越数日或可致之。讵料予宅邻街，卖花售果之声时时达于户内，忽有大声疾呼而过予门者，知其为杨家果也。予始穷诘家人，彼以医士之言对。予曰：“碌碌巫咸，彼乌知此？急为购之！”及其既得，才一沁齿而满胸之郁结俱开，咽入腹中，则五脏皆和，四体尽适，不知前病为何物矣。家人睹此，知医言不验，亦听其食而不禁，病遂以此得痊。

由是观之，无病不可自医，无物不可当药。但须以渐尝试，由少而多，视其可进而进之，始不以身为孤注。又有因嗜此物，食之过多因而成疾者，又当别论。不得尽执以酒解醒之说，遂其势而益之。然食之既厌而成疾者，一见此物，即避之如仇。不相忌而相能，即为对症之药可知已。

其人急需之药

二曰其人急需之物可以当药。人无贵贱穷通，皆有激切所需之物。如穷人所需者财，富人所需者官，贵人所需者升擢，老人所需者寿，皆卒急欲致之物也。惟其需之甚急，故一投辄喜，喜即病痊。如人病入膏肓，匪医可救，则当疗之以此。力能致者致之，力不能致，不妨给之以术。家贫不能致财者，或向富人称贷，伪称亲友馈遗，安置床头，予以可喜，此救贫病之第一着也。未得官者，或急为纳粟，或谬称荐举；已得官者，或真谋铨补，或假报量移。至于老人欲得之遐年，则出在星相巫医之口，予千予百，何足吝哉！是皆“即以其人之道，反治其人之身”者也。虽然，疗诸病易，疗贫病难。世人忧贫而致疾，疾而不可救药者，几与恒河沙比数。焉能假太仓之粟，贷郭况之金，是人皆予以可喜，而使之霍然尽愈哉？

一心钟爱之药

三曰一心钟爱之人可以当药。人心私爱，必有所钟。常有君不得之于臣，父不得之于子，而极疏极远极不足爱之人，反为精神所注，性命以之者，即是钟情之物也。或是娇妻美妾，或为狎客娈童，或系至亲密友，思之弗得或得而弗亲，皆可以致疾。即使致疾之由，非关于此，一到疾痛无聊之际，势必念及私爱之人。忽使相亲，如鱼得水，未有不耳清目明，精神陡健，若病魔之辞去者。此数类之中，惟色为甚，少年之疾，强半犯此。父母不知，谬听医士之言，以色为戒，不知色能害人，言其常也，情堪愈疾，处其变也。人为情死，而不以情药之，岂人为饥死，而仍戒令勿食，以成首阳之志乎？凡有少年子女，情窦已开，未经婚嫁而至疾，疾而不能遽瘳者，惟此一物可以药之。即使病躯羸弱，难使相亲，但令往来其前，使知业为我有，亦可慰情思之大半。犹之得药弗食，但嗅其味，亦可内通腠理，外壮筋骨，同一例也。至若闺门以外之人，致之不难，处之更易。使近卧榻，相昵相亲，非招人与共，乃赎药使尝也。仁人孝子之养亲，严父慈母之爱子，俱不可不预蓄是方，以防其疾。

一生未见之药

四曰一生未见之物可以当药。欲得未得之物，是人皆有，如文士之于异书，武人之于宝剑，醉翁之于名酒，佳人之于美饰，是皆一往情深，不辞困顿而欲与相俱者也。多方觅得而使之一见，又复艰难其势而后出之，此驾驭病人之术也。然必既得而后留难之，许而不能卒与，是益其疾矣。

所谓异书者，不必微言秘籍，搜藏破壁而后得之。凡属新编，未经目睹者，即是异书，如陈琳之檄①，枚乘之文②，皆前人已试之药也。须知奇文通神，鬼魅遇之无有不辟者。而予所谓文人，亦不必定指才士，凡系识字之人，即可以书当药。传奇野史，最祛病魔，倩人读之，与诵咒辟邪无异也。他可类推，勿拘一辙。富人以珍宝为异物，贫家以罗绮为异物，猎山之民见海错而称奇，穴处之家入巢居而赞异。物无美恶，希觏为珍；妇少妍媸，乍亲必美。昔未睹而今始睹，一钱所购，足抵千金。如必俟希世之珍，是索此辈于枯鱼之肆③矣。

【注释】

①陈琳之檄：指“陈琳之檄，可愈头风”的典故。官渡之战时，陈琳作《为袁绍檄豫州文》痛斥曹操。曹操当时正苦于头风，病发在床，因卧读陈琳檄文，竟惊出一身冷汗，翕然而起，头风顿愈。②枚乘之文：枚乘，西汉辞赋家，写有《七发》一文，假设楚太子有病，吴客前往探望，用七事来启发太子，治愈了太子的病。③枯鱼之肆：指卖干鱼的店铺。比喻无法挽救的绝境。

平时契慕之药

五曰平时契慕之人可以当药。凡人有生平向往，未经谋面者，如其惠然肯来，以此当药，其为效也更捷。昔人传韩非书至秦，秦王见之曰：“寡人得见此人与之游，死不恨矣！”汉武帝读相如《子虚赋》而善之，曰：“朕独不得与此人同时哉！”晋时宋纤有远操，沉静不与世交，隐居酒泉，不应辟命。太守杨宣慕之，画其像于阁上，出入视之。是秦王之于韩非，武帝之于相如，杨宣之于宋纤，可谓心神毕射，寤寐相求者矣。使当秦王、汉帝、杨宣卧疾之日，忽致三人于榻前，则其霍然起舞，执手为欢，不知疾之所从去者，有不待事毕而知之矣。凡此皆言秉彝[①]至好出自中心，故能愉快若此。其因人赞美而随声附和者不与焉。

【注释】

①秉彝：语出《诗·大雅·烝民》：“民之秉彝，好是懿德。”指出于本性的喜好。

素常乐为之药

六曰素常乐为之事可以当药。病人忌劳，理之常也。然有“乐此不疲”一说作转语，则劳之适以逸之，亦非拘士所能知耳。予一生疗病，全用是方，无疾不试，无试不验，徙痈浣肠之奇，不是过也。予生无他癖，惟好著书，忧藉以消，怒藉以释，牢骚不平之气藉以铲除。因思诸疾之萌蘖，无不始于七情，我有治情理性之药，彼乌能祟我哉！故于伏枕呻吟之初，即作开卷第一义；能起能坐，则落毫端，不则但存腹稿。迨沉疴将起之日，即新编告竣之时。一生剞劂，孰使为之？强半出造化小儿之手。此我辈文人之药，“止堪自怡悦，不堪持赠君”者。而天下之人，莫不有乐为之一事，或耽诗癖酒，或慕乐嗜棋，听其欲为，莫加禁止，亦是调理病人之一法。总之，御疾之道，贵在能忘；切切在心，则我为疾用，而死生听之矣。知其力乏，而故授以事，非扰之使困，乃迫之使忘也。

生平痛恶之药

七曰生平痛恶之物与切齿之人，忽而去之，亦可当药。人有偏好，即有偏恶。偏好者致之，既可已疾，岂偏恶者辟之使去，逐之使远，独不可当沉疴之《七发》乎？无病之人，目中不能容屑，去一可憎之物，如拔眼内之钉。病中睹此，其为累也更甚。故凡遇病人在床，必先计其所仇者何人，憎而欲去者何物，人之来也屏之，物之存也去之。或诈言所仇之人灾伤病故，暂快一时之心，以缓须臾之死，须臾不死，或竟不死也，亦未可知。刲股救亲，未必能活；割仇家之肉以食亲，痼疾未有不起者。仇家之肉，岂有异味可尝，而怪色奇形之可辨乎？暂欺以方，亦未尝不可。此则充类至义之尽也。愈疾之法，岂必尽然，得其意而已矣。

以上诸药，创自笠翁，当呼为《笠翁本草》。其余疗病之药及攻疾之方，效而可用者尽多。但医士能言，方书可考，载之将不胜载。悉留本等之事，以归分内之人，俎不越庖，非言其可废也。总之，此一书者，事所应有，不得不有；言所当无，不敢不无。“绝无仅有”之号，则不敢居；“虽有若无”之名，亦不任受。殆亦可存而不必尽废者也。